KB074384

나를 위한 차 한잔

All about TEA

나를
위한
차 한잔

구영본 지음

이른아침

이야기를 시작하며

대학 졸업 후 인사동 찻집에서 처음 마신 우롱차가 지금까지 차생활을 하는 계기였다. 차의 매력이 마력처럼 이끄는 대로 찻집을 개원, 나의 20대에 있어서 매순간 차는 일상이었고 직업이 되었다. 이후 차를 배우려는 사람들이 늘면서 보다 전문적인 차문화 연구의 필요성을 느끼게 되었고, 대전에서 서울로 오가는 10여 년간 기차여행은 덤이었다.

성신여대와 대학원, 대전대에서 교양과 전공인 차문화, 생활문화, 에티켓과 매너 등을 강의하였고, 공주문화원과 대전시민대학 등에서 세계의 모든 차 즐기기, 티 클래스, 인성 교육, 민간자격과정을 운영하다 보니 30년이라는 시간이 흘렀다.

많은 사람들이 식사 후 습관적으로 차를 마신다. 차거나 뜨겁게, 진하게 또는 연하게 마시지만 차의 성분이나 효능에는 크게 관심을 두지 않는다.

처음 차를 접하는 사람들에게 어떤 차를 권할까? 느긋한 주말, 우울한 날, 스트레스로 집중 안 될 때 술처럼 취하지 않고 커피처럼 불면을 걱정하지 않으며 위로가 되는 차는 어떤 것이 있을까?

『나를 위한 차 한잔』은 처음 차를 마셔볼까 하는 분들을 위한 차 입문서이다. 필자가 처음 차를 마시려고 했을 때 친근한 다서가 없어 힘들었던 기억이 차 책을 엮게 된 계기가 되었다.

1부「매일매일이 다반사」는 차 없이 하루도 못 사는 현대인에게 크게 6가지로 나눈 차 이야기를, 2부「차와 더 친해지기」에서는 찻물, 다과, 테이스팅, 티 테라피, 티 블렌딩 등 다양하게 차를 즐기기 위한 방법을 소개하였다.

석사과정을 마치며 전국의 차생활 교육과정이 궁금하였다. 사례연구 차 부산에 갔을 때 금당 선생님은 찻물로 먹을 갈아 '끽다래' 세 글자를 써주셨다. 3년 전 오랫동안 사용하여 손 때 묻은 찻그릇 전시와 차회를 개최했을때 우리에게 '풀꽃' 시인으로 알려진 한국시인협회 나태주 회장님의 축시를 받았다. 두 분의 글 속에서 차는 벗과 이웃으로 함께해야 할 운명처럼 여겨져 책머리에 올린다.

지금은 혼자 밥을 먹고 혼자 차 마시는 시대, 나를 위한 '여유 한 모금'을 위해 차는 무엇보다 필요한 일상의 양식이다. 침침해지는 눈을 비비며 많은 분들의 옥고를 읽으면서 무딘 손 끝으로, 세계인에게 사랑받는 차의 색·향·미·기를 찾아 고요한 새벽과

茶
- 구영본 박사님

혼자 마실 때
정답고
둘이 마실 때
더욱 정다운 차

혼자 있을 때
벗이요
둘이 있을 때
이웃이나!

언제든 날 내밀면
그 자리에서
거절하지 않고
나를 맞아주리.
2018. 7. 2
나 태주 ᄊᄊᄊᄊ

마주하였다. 부족한 내용과 거친 글들은 보완하고 다듬는 데 많은 질책이 필요하리라 생각한다.

『글로벌시대의 차문화와 에티켓』에서 『나를 위한 차 한잔』이 나오기까지 15년이 걸렸다. 바쁜 시간 쪼개서 원고를 읽어주고 다듬어준 신미경 박사님, 좋은 사진을 선뜻 보내준 라오 상하이 박주홍 사장님, 책 자료 정리와 사진 보정을 도와준 동다헌 회원들, 가족의 든든한 지지가 있어 세상의 빛을 보게 되었다. 또한 어려운 시기에 출판을 허락해주신 이른아침에 감사함을 전한다.

2020년 5월
동다헌 연구실에서 구영본

차 례

· 1부 ·

매일매일이 다반사

· 2부 ·

차와 더 친해지기

1부

매일매일이 다반사

I

애프터눈티는 홍차를 마셔요

2012년 주 5일제 근무가 시작된 이래 금요일 오후가 되면 휴가 같은 분위기가 된다. 특별한 일이 없다면 늦잠을 자고 느긋한 브런치BRUNCH, breakfast+lunch를 즐긴다. 브런치는 '아점'이라 불리는 10시에서 2시 사이의 첫 식사를 말하는데 부드러운 차 또는 커피에 빵·과일 등을 즐긴다. 밥·국으로 아침밥을 중요하게 생각하던 시대의 구수한 숭늉은 없어졌고, 차는 밥상과 찻상을 구분하지 않는 일상 문화 속에 살고 있다.

영국인들이 즐기는 오후의 홍차Afternoon Tea가 미국으로 전해져 브런치가 되었고, 지금은 이름난 카페의 브런치는 그 자체로 만남의 이유가 되기도 한다. 특별한 음식과 건강에 좋은 차를 찾는 시대, 예쁜 찻그릇을 사고 차를 마신 경험은 SNS로 공유한다. 이렇듯 멋진 카페에서 차 한잔과 특별한 음식을 즐기는 사람이 늘고 있다. 이것은 차가 단순한 음료의 기능을 넘어 음식과 사교문화가 있는 '브런치 시대'에 살고 있음을 말해준다.

이 장에서는 최근 많은 사람들에게 사랑받고 있는 차, 그 중에서 카페 메뉴로 사랑받는 홍차의 매력을 살펴보고자 한다.

1

브런치의 시작

차가 처음 유럽에 들어온 시기는 1610년이다. 17~18세기 런던 귀족사회에서 아침식사는 풍성하게, 사교를 위한 저녁만찬은 연극·공연 관람 후 8시쯤 하였다. 아침과 저녁 사이의 시장함을 달래기 위해 오후 3~5시에 샌드위치, 구운 과자와 차를 마시는 관습이 생겼다. 오후의 홍차 Afternoon Tea는 영국의 안나 마리아Anna Maria, 1783~1857가 처음 만들었다. 그 당시 커피하우스에서 커피와 홍차를 판매하였고, 이후 여성들의 출입이 자유로운 티가든에서 홍차를 마시면서 사교문화가 꽃피게 되었다. 더불어 홍차를 즐기는 데 필요한 찻그릇, 설탕, 과자 등 티웨어Tea Ware가 발전하였다. 산업혁명 이후 차 세금 인하와 설탕의 대중화로 서민들까지 편안하게 홍차를 마시기까지 250여 년이 걸렸다. 현재 영국에서는 홍차가 국민음료를 넘어서 '티 클래스'가 다시 유행하고 있으며, 리츠호텔의 브런치 메뉴는 세계인의 여행 코스가 되었다.

세계의 3대 홍차

1930년대 미국의 브런치는 오믈렛, 스크램블, 팬케이크 등의 간단한 요리와 해시브라운, 샐러드, 과일 등이었다. 애프터눈티가 홍차와 즐기는 간식이라면 브런치는 커피, 홍차와 알코올을 포함한 식사였다.

필자는 오래 전에 일본의 마리아주 프레르에서 운영하는 카페에서 브런치를 경험했다. 1층은 홍차와 차 생활용품을 판매하고 2층은 식사를 할 수 있는 카페였다. 홍차를 곁들여 늦은 아침을 즐기려는 사람들은 1층 매장에서 차를 구입하기도 하고, 기다렸다가 프랑스 요리와 홍차를 즐기며 느긋하게 정담을 나눴다.

우리나라는 10여 년 전쯤 이태원을 중심으로 브런치 카페가 하나둘 생겼고, 지금은 서울뿐 아니라 전국에서 성업 중이다. 간단한 식사가 가능한 카페들이 유명세를 타면서 브런치를 즐기는 미식여행은 음식의 한 장르, 홍차카페는 문화로 자리 잡고 있다.

속이 빈 아침이라면 차에 우유를 넣은 부드러운 밀크티, 혹은 우유를 넣고 끓인 로얄밀크티가 좋다. 사람들은 이밖에도 단일다원의 스트레이트 티, 다른 지역의 차를 섞어 만든 블렌딩 티, 차에 꽃이나 과일 향을 섞은 플레이버드 티(가향 홍차) 등을 즐긴다.

✨✨✨ 브런치에는 어떤 홍차가 좋을까? ✨✨✨

내게 맞는 홍차를 찾기 위해서는 먼저 차의 향과 맛에 영향을 주는 요인, 차의 재배조건을 살펴봐야 한다. 차가 자라는 생육환경을 말하는 '테루와terroir'는 본래 와인의 자연조건을 의미하는 개념이었으나 넓은 의미로는 기후와 토양, 위도, 고도를 아우르는 특정지역의 식물 생장에 미치는 자연환경을 말하며, 커피, 와인 등 다른 기호음료에서도 중요하게 여긴다. 또한 온전한 잎whole leaf의 홍차OP를 즐길 것인지, 파쇄broken leaf하여 가공한 것BOP으로 마실지를 고려한다. 차의 새순이 돋아나면 싹F과 잎OP, 펴진 잎P, S으로 차를 만든다. 신선한 팁F, T, G을 모두 포함하면 고급차 FTGFOP가 된다. 찻잎을 작게 파쇄B하면 빨리 우릴 수 있다. 파쇄 정도에 따라 구분B, D, F하며, 편리하게 마시고 찌꺼기 처리가 쉬워 티백의 원료가 된다. 파쇄 차의 한 종류인 CTC 홍차는 큰 찻잎을 위조한 후 기계로 짓이기고crush/cut, 찢고tear, 비틀림curl을 시킨 후 85% 이상 산화시켜 만든다. 정통 홍차에 비하여 풍미는 떨어지지만 침출이 빠르고 탕색은 진한 홍색으로, 블렌딩이나 밀크티의 주원료, 티백용 차로 활용된다.

〈표 1-1〉 홍차의 등급

구분	용어	등급	찻잎의 모양
OP	F(Finest)	FTGFOP	
	T(Tippy)	TGFOP	
	G(Golden)	GFOP	
	F(Flowery)	FOP	
	OP(Orange pekoe)	OP	
	P(Pekoe)	P	
	S(Sochong)	S	
B	B(Broken)	BOP	
	D(Dust)	BOPD	
	F(Fanning)	BOPF	

밀크티 · 로얄밀크티 · 인도차이

1) 밀크티Milk Tea

카페에서 많이 즐기는 밀크티는 진한 홍차에 우유를 섞어 마시는 것을 말한다. 밀크티를 마실 때 차를 우린 후 찻잔에 우유 먼저 붓는지Milk In First, 후에 붓는지Milk In After에 따라 달리 부른다. 카페에서 주문하면 주로 섞여진 상태로 차갑게 나온다. 그러나 직접 차를 우린다면 우유로 농도를 조절하여 마시는 것이 좋다. 공복에 마시는 차나 커피는 진하게 마시면 위에 부담을 주므로 연하게 마시거나 우유를 넣어 마신다. 인도의 겨울차, 스리랑카의 저지대나 케냐 등의 차는 맛이 강하고 수색이 고와서 밀크티로 마시기 좋다. 부드러운 밀크티는 기문, 다르질링, 우바, 잉글리시 블랙

백탁현상

홍차와 어울리는 과일

퍼스트 등 차의 맛과 향이 강하지 않은 것을 사용한다. 진하게 우린 뜨거운 홍차에 차가운 우유를 붓게 되면 뿌옇게 보이는데, 이를 백탁白濁현상 cream down이라 한다. 차 맛의 차이는 없지만 수색을 즐기기 어렵다. 백탁 현상 없는 아이스 밀크티Iced Milk Tea는 얼음을 이용하여 빨리 만들거나 천천히 시간을 두고 우리는 냉침Cold-Brew하여 만들 수 있다.

아포가토는 이탈리아어로 '끼었다', '빠지다'라는 뜻이다. 아포가토 티는 홍차의 약간 쓴 맛과 아이스크림의 달콤한 맛이 조화를 이룬다. 진하게 홍차 40~50ml 정도를 우려내어 아이스크림 위에 뿌려서 먹기도 한다.

2) 로얄밀크티Royal Milk Tea

로얄밀크티는 냄비에 차와 물을 넣고 끓이다가 우유를 넣어 끓이면 고소하고 감칠맛이 생긴다. 스리랑카식 차이chai로, 일본에서는 '로열 밀크티'라 부르는데, 일반적인 밀크티에 비해 우유가 많이 들어간 진한 밀크티를 '로얄'이라 표현한다. 로얄밀크티는 우유를 끓여서 만들기 때문에 맛이

밀크티   로얄밀크티

섬세하지는 않다. 주로 CTC 홍차를 우린 후 우유와 섞어 향과 맛이 진하게 즐긴다.

   CTC 홍차는 물이 끓은 후 차를 넣는다. 반면 온전한 작은 잎의 홍차로 우릴 경우에는 처음부터 물과 차를 함께 넣고 끓인다. 이어 우유를 넣는다. 우유를 먼저 넣으면 차가 잘 우러나지 않으므로 홍차를 충분히 우린 후 약한 불에서 우유를 넣고 끓인다. 설탕을 넣고 밀크 팬의 가장자리가 조금 올라오면 불을 끈다. 우유는 멸균우유나 저온살균우유를 넣어 비린 맛을 줄이고, 생크림 또는 연유를 넣어(우유 양의 1/5) 진한 밀크티를 즐기기도 한다. 우유의 텁텁함은 설탕이 없애주므로 조금이라도 넣는 것이 좋다.

3) 인도차이 (마살라차이)

차이chai는 우리말 차茶와 같은 말로, 인도를 비롯한 아시아 여러 국가에서 차를 차이, 혹은 짜이라고 부른다. 인도에서는 이 차(홍차)에 여러 가지 향신료를 넣어 마시기도 하는데, 이런 향신료를 '마살라masala'라고 한다. 인도차이, 마살라차이, 혹은 스파이스spice차이는 모두 유사한 말로, 향신료가 들어간 인도식 홍차다. 이런 인도차이는 시나몬, 통후추, 카르다몸, 월계수 잎 등을 넓고 큰 팬에 넣고 끓인 후, 우유를 넣고 약한 불에서 더 끓인 뒤 설탕을 넣는다. 몸을 따뜻하게 해주어 감기에 마시면 좋다. 커피 열풍이 카페라테, 카페오레 등 우유와 함께 블렌딩 하는 음료를 유행시켰듯이, 티 라테, 밀크티로 이어졌다. 우유를 넣어 마시는 밀크티, 끓여 마시는 로얄밀크티, 향신료를 넣어 끓인 인도차이 외 말차, 호지차를 이용하여 티 라테를 만들기도 한다.

마살라차이 재료

〈표 1-2〉 밀크티 · 로얄밀크티 · 마살라차이 만드는 법

밀크티	방법 1) 얼음을 채운 잔에 뜨겁게 우린 홍차(3g, 티백 2~3개, 물 200㎖)를 붓는다. 냉각한 잔에 차를 붓고 적당 양의 우유를 넣어 마신다. 방법 2) 홍차 10g과 뜨거운 물 20~30㎖를 부어 차가 물을 흡수하면 우유 500㎖를 넣은 후 냉장고에서 24시간 우려낸다. 천천히 우리면 단맛이 증가하고 차의 영양성분과 항산화 성분이 많이 우러난다. ** 가향 홍차는 냉침으로 우려야 풍미가 더 좋다.
로얄밀크티	홍차 8g, 물 · 우유 각 150㎖(진한 차) 또는 각 200㎖(연한 차), 설탕 2t 또는 홍차시럽, 샌크림, 연유, 소금 방법 1) 물을 끓인 후 차를 넣고 약한 불에서 5분 우린 후 차를 건져낸다. 방법 2) 찻잎을 넣고 2분간 센 불에서 끓인다. 스트레이너, 스푼을 이용하여 골든 드립까지 차를 짜낸 후 우유를 넣고 우유막이 생기지 않도록 약한 불에서 끓인다. 설탕을 넣어서 비릿함을 줄이고 고소한 맛을 살린다. 샌크림, 연유를 넣어도 좋다.
마살라차이	홍차 6g 또는 홍차 티백 3개, 물 200㎖, 우유 400㎖, 향신료(시나몬스틱1개, 다진 카르다몸 4개, 클로브 4개, 생강 2cm, 건후추 1/2t, 설탕2t, 꿀 약간) 방법 1) 물과 향신료를 먼저 끓인 후 차를 넣고 약한 불에서 5분 끓인다. 스트레이너로 향신료와 찻잎을 걸러낸다. 방법 2) 물이 끓으면 향신료를 넣고 불을 끈 후 24시간 우린다. 향신료를 걸러내고 차를 넣고 끓인다. 방법 3) 향신료와 함께 만들어진 차이를 바로 끓이거나 가루 향신료를 적절히 넣어 우린다. 우유를 넣고 약하게 3분 정도 끓이고, 설탕을 넣는다.

⋇⋇⋇⋇➤ 아이스티 ⋘⋘⋘⋇

　1904년 여름 미국 세인트루이스의 식료품 엑스포Expo에서 '홍차는 건강에 좋다'는 슬로건을 내세우며 시음을 진행하고 있었다. 그러나 더운 날씨에 뜨거운 홍차는 외면당하였다. 그동안 뜨겁게 차를 마셔오긴 했지만 무더위를 이길 수 없었다. 이후 차에 얼음을 넣어 마시게 한 후에야 상품화되었다. 미국인의 85%가 '티tea' 하면 아이스티를 의미하고, 오늘날 세계인들이 즐겨 마시는 여름 음료, 사계절 마실거리가 되었다.

　더위와 갈증을 해소하기 위해 즐겨 마시는 아이스티는 투명한 얼음 사이로 붉은 홍차가 퍼져나가는 모습을 보는 것만으로도 청량감을 느낄 수 있다. 빅토리아 여왕이 러시아 황실을 방문했을 때 레몬티Lemon tea를 처음 마신 후 영국에 퍼지는 계기가 되었다. 더 상큼한 홍차를 원한다면 레몬티도 좋은데, 우린 차에 레몬을 오래 담가두면 다탕색이 연해지고 쓴 맛이 강해져서 풍미가 떨어질 수 있으니 레몬 조각을 담갔다 바로 꺼낸 후 마신다.

⋇⋇⋇⋇➤ 잎으로 마실까, 티백으로 마실까? ⋘⋘⋘⋇

　1908년 미국의 차 수입상 토머스 설리번Thomas Sullivan이 고객에게 차 샘플을 작은 비단주머니에 넣어 보냈다. 비단주머니에 담긴 채 우려보니 간편했다. 티백teabag은 마시기 간편하고 정확하게 차의 양을 우릴 수 있

고, 차 찌꺼기 처리가 쉬워 소비자
의 요구에 의해 생산하게 되었다.
또한 카페, 모임에서 많은 사람들
에게 차를 대접하기 편리하여 영국
인의 음다 습관을 바꾸게 되었고,
지금은 95%가 티백으로 즐긴다.

1950년대에 실과 태그tag가 달린
사각형의 종이 티백이 생산되었
다. 현재는 직사각형을 비롯한 입
체적인 피라미드형이나 원형에 모
슬린, 나일론 재질의 티백과 알루
미늄 스틱 모양으로 생산되고 있
다. 그러나 티백의 합성섬유, 미세
플라스틱, 실크티백, 태그의 폴리
프로필렌, PET 재질이 걱정이 된

각종 티백과 인퓨져

다면 인퓨져, 스트레이너 등을 이용하여 우려 마실 수 있다. 티백과 인퓨
져는 편리한 반면 차를 우리는 공간이 제한적이고 색·향·미를 온전히 즐
길 수 없어 섬세한 맛을 원한다면 잎차가 좋다. 지금은 파쇄하지 않은 온
전한 잎의 고급 티백이 출시되어 소비자의 선택을 기다리고 있다.

〈표 1-3〉 잎차와 티백의 비교

항목	잎차	티백
편의성	잎차를 우릴 수 있는 인퓨저, 망이 있는 티포트 등 다기가 필요하다.	양이 계량, 포장되어 있어 간편하게 마실 수 있고 설거지도 편하다.
신선도와 품질	잎의 표면적이 좁아서 신선도가 오래 유지된다. 틴을 이용하여 밀봉 보관하면 오랫동안 마실 수 있다.	공기에 쉽게 노출되어 변질이 빠르기 때문에 개봉 후 빨리 마신다. 개별포장된 티백이나 밀봉이 잘 되는 틴을 활용한다.
향미	온전한 찻잎으로 우리기 때문에 섬세하고 풍부한 향미가 우러난다.	티백은 섬세한 맛이 떨어지고 쓰고 떫은맛이 강하다.
가격	1인의 차는 2g 정도이고 여러 번 우릴 수 있어 경제적이다.	대량 포장된 티백 제품은 싼 편이나 한 번만 우릴 수 있다. 카페의 홍차는 티백으로 나오지만 비싼 편이다.
친환경성	마신 잎차는 빠르게 자연 분해되고 퇴비로 사용해도 된다.	친환경 티백도 있으나 대부분 폴리프로필렌이라는 플라스틱이라 수십 년이 지나도 분해되지 않는다.
침출속도	잎차는 천천히 우러난다.	찻잎이 좁은 공간에 있어 맛이 고루 우러나지 않는다.

2

내게 딱 맞는 홍차

유럽인들이 초기에 수입한 중국차는 홍차가 아닌 녹차였다. 17세기 초에 복건성 일원에서 홍차를 생산하였으나 양이 적었다. 그러나 녹차보다 홍차를 더 매력적으로 느꼈고, 18세기 중엽이 되자 유럽으로 수출되는 차의 대부분은 홍차(정산소종)가 되었다. 유럽인의 기호에 따라 홍차 생산을 늘리게 되었고 이때 세계 3대 홍차 중의 하나인 기문홍차가 탄생되었다.

세계 3대 홍차는 중국의 기문·인도의 다르질링·스리랑카의 우바에서 생산되는 홍차로, 주로 스트레이트 티로 마신다. 중국과 인도, 스리랑카, 케냐 등 다른 다원의 차를 섞어서 만든 블렌디드 티로는 '잉글리시블랙퍼스트', '러시안카라반', '헤로즈 No. 14' 등이 있다. 또한 홍차에 꽃이나 향료를 첨가한 플레이버드 티의 대표적인 것은 '얼그레이 티'로 트와이닝이라는 회사가 처음 제품화하였다.

❊❊❊❊ 스트레이트 티 ❊❊❊❊

봄에 여린 잎으로 만든 차는 맛이 순하고 부드러우며, 은은한 꽃향, 과일향이 있어 홍차 본연의 맛을 보려면 스트레이트 티straight tea, single origin tea, special tea가 좋다. 중국의 기문祁門, 인도의 다르질링Darjeeling, 스리랑카의 우바Uva 외 중국 복건성의 정산소종正山小種, 운남성 홍차[滇紅], 대만의 홍옥紅玉 등 단일다원에서 만들고 있으며, 생산량이 적어 스페셜 티로 즐기고 있다.

1) 기문

기문祁門홍차는 녹차 생산지로 유명한 안휘성에서 공부홍차工夫紅茶 방식의 제다법으로 만든 차로, 끝맺음이 좋고 단단하게 비벼서 검은색을 띠고 찻물은 밝은 오렌지색이다. 맛이 부드러우며 고급 먹향, 약간의 훈연향, 사과 껍질을 끓였을 때의 향, 난초향 등이 뛰어나고 오래 가서 얼 그레이, 각종 가향차의 베이스 티로 많이 사용된다.

스트레이트 티들

중국 무이산 인근의 동목관(桐木關)

2) 정산소종

정산소종은 랩상소총Lapsang Souchong이라는 영어식 발음으로 유명해졌다. 복건성 무이산武夷山으로부터 시작하여 18세기부터 지금까지 고급 홍차의 대명사가 된 차다. 동목촌은 항상 안개가 자욱한 곳으로 눅눅한 장작으로 불을 피워 차를 만들면서 자연스럽게 송연향松烟香이 스며든 차로, 외형은 가늘고 긴밀하게 말려 있으며 윤기 있는 검은색이다. 탕색은 홍색이고 달고 두터우며 회감이 느껴진다. 러시안카라반Russian Caravan과 얼그레이 블렌딩과 밀크티, 아이스티에 좋다.

3) 운남홍차

전홍이라고 불리는 운남홍차는 아삼종 찻잎으로 약간 통통하고 금아金芽, golden tip가 있다. 진한 붉은색으로 우러나는데, 진한 꽃향기와 부드럽고 순한 맛이 있고 떫은맛이 느껴지지 않는다. 전홍은 폴리페놀이 다른 홍차에 비해 많으며 스트레이트 티, 밀크티로 좋다.

4) 다르질링

인도 히말라야 1,200m의 다르질링Darjiling산맥 북동부에서 생산되며 '홍차의 샴페인'으로 불린다. 다르질링은 티베트어로 '번개와 천둥이 치는 곳'이라는 의미로 습도가 높고 기온차가 커서 독특한 맛과 향이 만들어진다. 가볍고 섬세한 맛과 머스캣muscat,(맛과 향이 뛰어난 유럽산 포도)향이 나며 밝고 옅은 오렌지색으로 우러난다. 5~6월에 생산되는 두물차가 맛이 좋다. 다르질링에서 생산되는 홍차는 대부분 FOP급 이상으로 가공되며, 산화 정도가 심하지 않아 맛과 향이 진한 녹차 같은 느낌이 있다. 생산량이 적고 다른 종류의 홍차보다 가격이 두 배가량 비싸기 때문에 시중에서 흔히 접하는 다르질링은 다른 홍차와 블렌딩 된 경우가 많다.

수확 시기에 따라 FFfirst flush,(3~4월에 수확되는 첫물차), SFsecond flush,(5~6월의 두물차), 오텀널autumnal,(10월 이후의 가을차) 등으로 나뉘며, 각각 맛과 향에 차이가 있다. FOP 이상의 등급은 주로 수출하고 가장 많은 CTC는 내수용 또는 티백을 만든다.

5) 닐기리

인도의 닐기리Nilgiri는 서西고츠산맥에 위치한 고원이다. 비가 많고 기후가 온난한데 스리랑카 기후와 흡사하여 실론티와 풍미가 유사하다. 붉은 탕색에 부드러운 맛과 신선하고 깔끔한 향이 특징이며 1월에 생산된 차가 좋다. 떫은맛이 거의 없고 깔끔해서 아이스티, 밀크티, 레몬티, 애프터눈티 등 다양하게 사용된다.

6) 우바

우바Uva홍차는 스리랑카 남동부 우바 고산지대에서 생산된다. 일반적으로 홍차의 맛을 대표하는 진한 맛과 달콤한 장미향이 나며, 투명한 담홍색 수색이다. 골든 팁이 많이 들어 있다. 8월 중순의 차가 가장 향기가 좋아서 '향의 계절flavory season'이라 한다. 분쇄되지 않은 OP 등급 이상의 우바는 3% 미만 생산되는데 주로 스트레이트로 마시고, 분쇄된 BOP는 레몬티, 아이스티, 밀크티로 즐기기에 좋다.

7) 누와라엘리야

누와라엘리야Nuwara Eliya는 스리랑카의 1,800m 이상 고지대high grown 차로 '실론 홍차의 샴페인'이라 부른다. 진하고 풋풋한 향과 부드럽고 감미로운 맛으로 알려져 있으며 탕색은 밝은 오렌지색이다. 향을 즐기려면 스트레이트 티로 마신다. 대부분 BOP급 홍차이며 우바, 딤불라에 비해 가볍고 섬세하며 깔끔한 맛이다.

8) 딤불라

스리랑카의 남부 고원지대에서 생산되는 딤불라Dimbula는 1~2월의 작은 찻잎이 최고인데, 탕색은 밝고 깨끗한 홍색을 띤다. 산뜻하고 신선한 맛과 꽃향기가 우바보다 부드럽고 잔잔하다. 다른 홍차에 비해 탄닌 성분이 적어 아이스티, 밀크티의 베이스로 많이 쓰인다. 스리랑카의 3대 홍차는 우바, 누와라엘리야, 딤불라이다.

9) 홍옥

홍옥紅玉은 대만 남투현南投縣의 아름다운 인공호수 일월담 근처에서 만들어져 일월담 홍차로 알려져 있다. 건차는 검고 달달한 향이 나고 우리면 꽃향, 익은 사과향, 진한 꿀향이 오랫동안 남아 있어 기분이 좋아진다. 입안 전체에 독특한 민트향이 있고, 찻잎이 크지만 쓰지 않고 아주 깔끔한 맛으로 입 안이 정화되는 느낌이 든다.

⭐⭐⭐ 블렌디드 티 ⭐⭐⭐

서로 다른 나라나 지역에서 생산된 차를 배합하여 만든 차Blended tea로, 차의 맛과 향이 일관성 있고, 가격이 저렴하다. 두 개 이상의 차를 섞어서 만드는데 잉글리시블랙퍼스트, 헤로즈 No.14, 러시안카라반, 오렌지페코, 로열블렌드, 애프터눈티, 아이리시블랙퍼스트 등이 있다. 부담 없이 매일 한 잔씩 마시거나 처음 홍차를 접하는 사람들에게 좋다.

1) 잉글리시블랙퍼스트

영국에서 개발된 잉글리시블랙퍼스트English breakfast는 중국·인도·스리랑카·케냐 등의 차를 섞어 만든다. 톡 쏘는 맛과 향이 있어 아침에 그냥 마셔도 될 만큼 부드럽고 상쾌하다. 우유와 잘 어울리며 케이크, 스콘 등 단 음식을 즐겨먹는 식습관이 고려된 차이다.

2) 헤로즈 No.14

영국의 헤로즈백화점에서 판매하는 유명한 차로 다르질링·아삼·실론·케냐를 블렌딩해서 만든 잉글리시블랙퍼스트로, 엽저에서 꽃향이 조금 난다. 우리면 붉은색을 띠고 향은 강하지 않으며 매끄럽고 기분 좋은 바디감이 입 안을 채운다.

3) 러시안카라반

18세기 이후 중국과 러시아의 무역으로 아시아 대륙을 이동하는 대상隊

각종 블렌디드 티들

商, caravane을 떠올리게 되는 차 이름이다. 기문, 정산소종(랩상소총), 우롱차
를 블렌딩한 차로 기문의 달달한 맛에 우롱차의 청량함, 깔끔한 맛이 있다.

✥✥✥✥ 플레이버드 티 ✥✥✥✥

플레이버드 티는 홍차에 꽃과 과일을 섞어서 만든 홍차flavored tea,
flowery tea이다. 봄에는 신선한 꽃, 여름에는 감귤, 민트 등 상큼한 것, 가
을·겨울에는 스파이스, 초콜릿, 바닐라, 체리 등 달콤한 것을 섞어 만든
다. 차를 우릴 때는 향이 배지 않는 내열유리 티팟이 좋다. 차는 직사광선

각종 플레이버드 티들

이 없는 곳에서 밀봉을 잘하여 상온에 보관한다. 대표적으로 기문, 실론 홍차에 오렌지와 비슷한 향인 베르가모트 향을 가미한 얼그레이와 애플 티, 사쿠람보 등이 있다.

1) 얼그레이

1890년대 영국 총리였던 찰스 그레이 백작이 중국을 방문했을 때 마신 후 '얼그레이Earl Gray'라는 이름이 붙여졌다. 중국의 홍차에 베르가모트 향을 훈증한 차로 시원한 느낌의 향이 있어 속이 텁텁할 때 마시면 좋다. 진한 오렌지색의 차로 스트레이트 티 또는 아이스티로 마신다. 아침보다 는 식사 후 주로 3~4시에 우유를 넣지 않고 쿠키와 함께 마신다. 또한 베 르가모트과 수레국화를 넣은 프렌치 얼그레이, 오렌지향이 은은한 레이 디 그레이가 있다.

2) 애플티

홍차에 사과향을 첨가하거나 말린 사과를 넣어 우려마시는 애플티Apple Tea는 사과향이 인위적이지 않고 은은하여 처음 접하는 사람이 마시기 좋다. 가정에서 애플티를 즐기고 싶다면 사과 껍질과 물을 붓고 끓인 후 홍차를 우리면 은은한 애플티가 된다. 그 외 바나나, 파인애플, 딸기, 레몬, 열대과일, 라임, 복숭아 등 신선한 과일에 BOP, CTC 홍차를 함께 우려서 마시기도 한다. 홍차의 쓰고 떫은맛을 싫어하는 사람들에게 좋다.

3) 사쿠람보Sakurambo

일본의 홍차 회사 루피시아의 대표적인 가향차로 빨갛고 작은 벚꽃의 열매와 로즈마리 잎을 넣어 만든 새콤한 홍차로 냉침하여 마시면 좋다.

스트레이트 티는 생산량이 적어 고급차, 스페셜 티로 가격도 비싸다. 그래서 블렌딩하여 고유한 맛과 편한 가격대의 데일리 차가 되고, 꽃과 과일향을 넣어 가향을 한다. 또한 간편하게 마시려는 소비자가 늘면서 편의점의 RTDReady To Drink 음료도 다양하게 출시되고 있다.

3

골든 룰과 실버 룰

홍차를 어떻게 우리고, 우유와 설탕은 언제 넣으면 좋은지에 대한 일종의 법칙을 '골든 룰'이라 한다. 가향차에 우유를 넣는 유럽인의 습관은 차 자체의 맛을 즐기는 동양인의 차생활과 차이가 있다.

이자벨라의 골든 룰

1840년 애프터눈티의 시작으로 차 소비가 증가하였고 인도(1860년)와 스리랑카(1890년)에서 홍차를 대량 생산하면서 영국인의 일상 차생활이 가능해졌다. 산업혁명으로 대영제국의 절정을 이룬 빅토리아시대(1837~1901) 버킹검 궁에서도 애프터눈티에 적극적인 관심을 갖고 티파티(1865년)를 열었다. 이를 계기로 티가든에서 차를 마시는 데 필요한 에티켓과 TIPS가 생겼다. TIPS는 'To Insure Prompt Service'의 약자로 웨이터를 부르고 싶을 때, 티테이블의 상자에 동전을 넣은 것이 유래가 되었고 이후 팁(tip)문화가 되었다. 또한 티 가운, 티 푸드, 도자기 등 귀족들의 부를 자랑하는 공식적·비공식적 격식을 갖춘 사교모임으로 확산되었다.

가장 융성한 차문화를 꽃 피운 시기의 대표 요리전문가 이자벨라 비튼 Isabella M. Beeton은 가정서家庭書에 영국식 홍차 우리는 골든 룰golden rules 을 다섯 가지로 제시한다.

1. 양질의 찻잎을 사용한다.

2. 티팟tea pot과 찻잔을 예열한다.

3. 차의 분량을 정확히 측정한다.

4. 신선한 물을 적절하게 끓인다.

5. 홍차 우리는 시간을 정확히 지킨다.

다른 차와 음료도 마찬가지지만 좋은 재료가 좋은 맛을 내는 것은 당연하다. 신선한 물을 잘 끓여 적당한 양의 차를 넣고 우려내는 것은 '골든 룰'이라기보다는 차를 맛있게 마시려면 최소한 갖추어야 할 조건이라 생각된다.

레몬티

애플티

❧❧❧❧ 조지오웰의 골든 룰 ❧❧❧❧

　유럽에 차가 정착된 19세기에 이자벨라의 골든 룰은 차를 우리는 기준
이 되었다. 이후 조지오웰(1903~1950)은『한 잔의 맛있는 홍차』에서 좋은 차
를 마시기 위해서는 원칙을 지켜야 한다고 강조하였다. 그러면서 중국홍
차와 같은 방법으로 만든 인도홍차를 적은 양으로 오래 우린 후 우유를
섞어 마시는 방법을 제안했다.

　그 당시 홍차에 우유를 넣는 방식은 같은 영국인이라도 의견이 달랐다.
영국왕립화학협회는 우유를 먼저 넣는 것이 단백질의 변성이 적어 풍미
를 덜 해친다고 하였고, 조지오웰은 차와 우유의 농도를 조절하기 위해서
는 차를 먼저 따르는 것이 좋다고 하였다.

• 조지오웰의 골든 룰 •

1. 인도차·실론차가 좋고 중국차는 우유가 없어도 되나 매력적이지 않다.

2. 차는 적은 양을 우려야 하며, 티팟은 반드시 도자기로 된 것을 사용하고

   미리 벽난로 위에 두어 예열한다.

3. 차는 진해야 하며 1,400ml에 6스푼(9g 정도)의 차가 적당하다.

4. 다관 속에서 찻잎이 충분히 우러나야 차가 맛있다.

5. 탕관(kettle)의 물이 끓을 때 바로 티팟에서 차를 우려야 한다.

6. 차는 충분한 시간을 두어 우린 후 젓거나 잘 흔들어서 충분히 우려낸다.

7. 차는 낮고 평평한 잔보다는 긴 원통형 잔이 좋다.

8. 찻잔에 차를 먼저 따른 후 크림을 제거한 우유를 넣는다.

9. 차는 설탕을 넣지 않아야 본연의 맛을 음미할 수 있다.

나만을 위한 실버 룰

    지금은 홍차가 더 다양하고 많으며 차를 우리는 도구와 물, 차를 마시는 환경도 많이 바뀌었다. 우유, 생크림, 과일 등을 넣어 블렌딩하거나 커피와 블렌딩하여 '티 라테'를 만든다. 19~20세기 영국의 '골든 룰'에 자신의 취향을 고려한 '나를 위한 실버 룰silver rules'을 만들어 봐도 좋겠다. 고급스런 찻그릇, 비싼 차가 아니어도 몸과 마음이 행복하고 즐거운 시간이 될 수 있다.

    홍차 우리는 법은 유럽식과 동양식으로 구분해 볼 수 있다. 18세기 유럽의 골든 룰이 차를 한 번만 우렸다면 동양은 차의 양을 늘리고 여러 번 우려 마시는 것을 선호한다. 중요한 것은 티팟과 찻잔을 데우는 것, 차의 양을 조절하고 우리는 시간은 타이머로 재는 것, 차가 우러나는 동안 보온하는 것과 우려진 차를 한 방울도 남김없이 따라야 하는 것이다. 또한 한 번 마셔보고 차 맛을 평가할 수 없기 때문에 같은 차를 여러 번 마시면서 고유한 차 맛을 찾아내야 '나만의 실버 룰'이 되는 것이다.

• 나를 위한 실버 룰 찾기 •

1. 순하고 부드러운 맛을 즐기려면 작고 온전한 찻잎으로 만든 중국 홍차가 좋다.

2. 티팟은 도자기도 좋지만 개완배, 유리, 강화 플라스틱 등 취향에 맞는

   티팟을 고르고 티팟의 종류가 달라도 예열은 필수다.

3. 끓인 물 300ml, 3g의 차를 우리고 연하거나 진하면 가감한다.

4. 2~3분점도 우리며 가향차는 2분 이내로 우린다.

5. 찻잎의 크기, 만든 시기에 따라 끓은 물을 바로 붓거나 약간 식혀서 우리고

   보온용 덮개(티코지)를 사용한다.

6. 망이 있는 티팟을 사용하거나 스트레이너를 이용해야 깨끗한 수색을 즐길 수 있다.

7. 뜨거운 차를 오래 즐기려면 원통형 잔, 향을 즐기려면 낮고 넓은 잔이 좋다.

8. 차를 진하게 우린 후 밀크티, 우유와 끓여 로얄밀크티로 마신다.

9. 기호에 따라 설탕과 시럽, 레몬 등을 넣어 마시고 허브와 블렌딩한다.

4

홍차 즐기기

영국에서 처음 중국의 차를 수입할 때 차 마시는 데 필요한 티웨어tea ware도 함께 수입되었다. 중국의 찻잔은 손잡이가 없었으나 뜨겁게 마시는 홍차는 손잡이가 필요하였다. 또한 소의 뼈를 흙과 섞어서 흰색의 도자기Bone China를 만들어 따뜻하게 오래 즐기고, 홍차의 색을 돋보이게 하였다. 가볍고 견고하며 아름다운 빛깔의 도자기가 실용적이며 경제적인 도자기로 발전하였다. 중국 경덕진 도자기를 유럽에서 연구하고 도자기 문화를 꽃피웠고, 홍차를 더 즐기는 계기가 되었다. 유럽의 대표 도자기는 영국의 웨지우드, 로열덜튼, 프랑스의 하빌랜드, 덴마크의 로열 코펜하겐, 독일의 마이센 등이다. 또한 일본의 노리다케, 대만의 당성, 일롱 등이 있다.

＼＼＼／⋎／ 티웨어 ＼⋎＼／／／

1) 티팟

티팟Tea pot은 뚜껑이 쉽게 열리지 않도록 스토퍼Stopper가 있는지, 찻물
이 원활하게 나오는 뚜껑의 구멍이 있는지를 살펴본다. 찻물이 잘 따라지
고 끊기는지Drop Catcher, 보온은 잘 되는지 등을 살펴야 한다. 재질은 주
로 백색의 보온성이 뛰어난 도자기를 가장 많이 사용하는데 내열유리, 은,
스테인리스 등도 있다. 차를 우리는 티팟Jumping teapot은 찻잎이 충분히
우러나도록 다관의 몸통이 볼록한 것이 좋다. 인퓨져Infuser가 내장된 것
을 사용하면 편리하고 손잡이가 튼튼하고 안정감 있는 것을 고른다.

우린 차를 담아 두고 마시는 세컨 티팟Second Tea pot은 거름망이 없어

도 되지만 뜨겁게 우린 차를 식지 않게 코지Cozy로 싸거나 아예 식지 않게 만들어진 보온용 찻주전자 등을 이용한다. 요즘은 개완배, 내열유리 차병 등으로 간편하게 즐긴다.

2) 찻잔

차를 마시는 잔으로 홍차용 찻잔Tea Cup과 받침인 소서Saucer가 있다. 처음 중국에서 영국으로 수출한 찻잔은 작고 높이도 낮고 손잡이도 없었다. 뜨거운 차를 마시기 위해 손잡이를 달았고, 길쭉한 잔, 넓게 벌어진 잔, 유리 잔, 여러 종류 홍차를 즐길 수 있도록 작게 만들게 되었다. 화려한 꽃무늬, 금박무늬, 심플한 디자인까지 다양하다. 언제 차를 즐기느냐에 따라 찻잔의 재질이나 크기, 모양을 달리하여 마신다. 또한 에소프레소 잔에 조금씩 또는 진하게, 머그컵에 간편하게 밀크티를 즐기기도 하지만 입술 닿는 부분이 얇고 가벼운 찻잔이 좋다.

찻잔과 소서

티팟과 찻잔

3) 스트레이너, 인퓨져

스트레이너는 티팟에서 차를 따를 때 사용하는 거름망으로 구멍이 작고 촘촘한 것이 좋다. 새, 양 등 동물의 모양과 고급스러운 순은, 은도금, 스테인리스, 동 재질로 만든다. 티팟에 촘촘한 인퓨져Infuser가 있는 경우 스트레이너strainer가 없어도 된다. 파쇄된 차를 거름망이 없는 도자기나 머그컵에 우릴 경우에는 DIY 티백을 만들거나 필터, 막대형 인퓨져, 주전자형 티 볼 등을 이용한다.

4) 모래시계, 타이머

맛있는 차를 우리기 위해서는 찻잎의 크기나 종류를 살피는 것이 중요하다. 티백인 경우 1분 내외, 작은 잎은 2~3분, 온전한 잎whole leaf인 경우 4분을 넘기지 않는다. 주로 3분짜리 모래시계, 타이머를 사용하여 차 우리는 습관을 갖는 것이 좋다. 카페에서는 최적의 차 맛을 위해 타이머를 항상 사용한다.

5) 워머, 코지

워머warmer는 우려진 차가 식지 않도록 만든 것으로 도자기와 유리로 된 제품이 있고, 양초를 이용하여 차 마시는 동안 식지 않게 보온한다. 코지cogy는 티팟의 물이 식지 않도록 보온하는 일종의 커버이다.

6) 캐니스터

차를 보관하는 차통canister으로 차의 향과 맛을 보존하기 위해서 밀폐가 잘되는 철로 만드는데 '틴tin'이라 부른다. 차를 만드는 회사, 차의 종류, 디자인이 다양하다.

7) 티 메이져 스푼

1인분의 찻잎을 계량하도록 만든 스푼tea measure spoon으로 없으면 계량스푼을 쓰기도 한다. 찻잎의 크기에 따라 조금씩 다르지만 300~350ml 티팟에 3g, 또는 1T(15ml) 정도를 넣는다.

✤✤✤ 홍차 즐기기 ✤✤✤

홍차는 온전한 잎whole-leaf과 파쇄broken-leaf된 것에 따라 우리는 시간이 다른 것에 주의한다. 우리는 시간이 적당하지 않으면 특유의 떫은맛과 쌉쌀한 맛이 난다. 부드러운 맛을 위해 우유나 설탕, 시럽을 넣기도 한다. 세계의 차는 평생 마셔도 다 맛보지 못할 만큼 다양하다. 이렇게 다양한 차를 많이 마셔보고 자신이 좋아하는 차를 찾아내는 것도 즐거움의 하나이다. 영국 홍차는 마트와 편의점에서도 만날 수 있는 트와이닝, 아마드, 립톤 등이 대표적이다. 그밖에 헤로즈, 웨지우드, 위타드오브첼시 등이 있다. 쿠스미, 니나스파리, 포숑, 테오도르 등 감성을 자극하는 이름과 풍미의 가향차도 있다. 독일의 로네펠트, 싱가포르의 TWG, 일본의 일동홍차, 애프터눈티, 루피시아 등도 유명하다. 〈표 1-4〉는 제품으로 구매 가능한 홍차로 영국, 프랑스 등 유럽과 싱가포르, 일본의 대표 홍차 브랜드와 특징이다.

<표 1-4> 다양한 홍차 브랜드

회사명	차의 특징
트와이닝 Twinings	1706년 런던에서 커피와 차를 판매하였고, 1837년 영국왕실 전용 오리지널브랜드를 만들었다. 얼그레이를 처음 만든 회사로 유명하다.
포트넘앤메이슨 Fortnum&Mason	1707년 영국왕실에 납품한 최고의 품질과 역사를 자랑한다. 한국에 많이 알려진 브랜드로 풍부한 향, 세련된 맛의 가향차가 유명하다.
해로즈Harrods	1849년 런던 식료품 가게에서 홍차 판매를 시작, 해로즈백화점으로 발전했으며, 지금도 관광명소로 유명하다. No.14, No.49 등 대표 브랜드를 출시하고 있다.
웨지우드 Wedgwood	1759년 고급 도자기 회사가 만든 홍차 브랜드로 틴에 '와일드스트로베리(Wild Strawberry)' 디자인이 독특하고 50여 종의 홍차를 생산한다.
위타드오브첼시아 Whittard of Chelsea	1886년 '세계에서 가장 뛰어난 홍차를 판매한다'는 목표로 창업. 런던에만 50여 개 매장이 있다. 질 좋은 차와 커피를 저렴하게 판매하며 말린 과일을 넣은 피치티, 블랙퍼스트가 유명하다.
립톤 Lipton	1889년부터 스리랑카의 홍차를 주로 판매하며 세계에서 가장 많이 팔리는 브랜드로 아마드(Amad)와 함께 한국의 마트에서 살 수 있다.
TWG	2008년 설립된 싱가포르의 홍차회사. 1837년은 상공회의소가 설립된 해로, 싱가포르가 동서양 차 무역의 중심지가 된 것을 기념한 '1837'은 차 이름 이기도 하다. 가향차와 마카롱, 아이스크림, 초콜릿, 티포트, 찻잔 등을 판매한다.
로네펠트 Ronnefeldt	1823년 시작한 홍차 회사. 독일 상위 100여 개 호텔에서 소비된다. 포트넘앤메이슨, 마리아쥬프레르에 이어 '세계 3대 명차'로 불린다. 아쌈바리, 다즐링썸머골드, 플럼&시나몬, 소프트피치가 유명하다.
쿠스미 Kusumi	러시아인 쿠스미초프가 시작, 파리에 본사가 있다. 최근 디톡스를 차에 접목, 민트향과 자몽향이 첨가된 녹차가 인기다.
니나스파리 Nina's Paris	니나(Nina)는 창업자 아내 이름. 최고의 찻잎(기문홍차)에 최상품의 천연 과일 오일을 가향한 고급스런 홍차와 밀크티가 있다.
마리아쥬 프레르 Mariage Freres	프랑스 최고의 역사(1854)를 자랑하는 브랜드. 세련되고 독창적인 맛의 플레이버드 티(마르코폴로, 임패리얼), 블렌디드 티가 있다.
포숑 Fauchon	1886년 파리 식료품점에서 차, 베이커리, 고급 식료품 등을 판매하기 시작했다. 대표적인 애플티는 찻잎의 향이 사과향을 감싸는 듯 중후하고 향긋하다.
카렐차페크 Karel Capek	체코 소설가의 이름이 상호가 되었다. 1996년 일본에서 아삼, 기문을 베이스로 과일향이 가미된 가향 홍차 블렌딩 티, 밀크티를 판매하기 시작했다.
일동홍차 日東紅茶	캔 홍차음료를 시작으로 홍차 대중화에 앞장선 일본 최초의 홍차 전문 다원을 가진 회사. 대만에 다원이 있으며 향차를 이용한 밀크티, 티백, 파스텔 톤의 티 캔 제품, 진저티, 로얄밀크티 등 대중적인 차다.

회사명	차의 특징
루피시아 Lupicia	원형의 소포장 틴으로 만든 일본의 가장 대중적인 홍차 브랜드. 중국차, 일본 홍차, 허브차를 이용한 가향차, 특별한 기념일을 위한 블렌디드 티, 가향차, 빈티지 티를 생산한다.
애프터눈 티 Afternoon tea	예쁜 차도구, 다양한 홍차를 판매하는데 가향차가 유명하다. 커피잔 형태의 화이트 찻잔, 소서에 영문 이니셜 약자인 'aT'자가 인상적이다.

다양한 차통

티푸드

영국에서 처음 홍차를 마실 때부터 다과가 있었던 것은 아니다. 18세기 티가든에서는 버터 바른 빵, 토스트, 샌드위치 등이 전부였다. 산업혁명 이후 차의 수입이 증가하고 설탕의 가격 안정화로 케이크를 먹을 수 있게 되었다. 이러한 변화로 귀족들은 밀가루, 달걀, 버터, 우유, 설탕으로 반죽하고, 설탕에 절인 과일, 향료, 와인 등을 넣어 구운 고급과자plum cake를 먹었지만 서민들은 버터, 마가린을 넣어 구운 케이크short cake와 밀가루, 물이나 우유로 반죽하여 구워낸 비스킷biscuit을 먹었다.

또한 스콘은 영국인이 좋아하는 티푸드tea food의 하나로 빵을 반으로 잘라 크림, 잼, 버터 등을 발라 먹는다. 스콘과 밀크티를 함께 마시는 것을 '크림티cream tea'라 부르는데 애프터눈티의 기본이다. 스콘은 밀크티뿐만 아니라 스트레이트 티에도 잘 어울린다.

마들렌은 달걀과 유지를 많이 넣어 연하고 촉촉한 고급 다과로 영국에서 가장 흔한 과자의 하나다. 이 외에 치즈케이크, 카스텔라, 도넛, 화과자, 번bun도 차와 잘 어울린다.

홍차 전문 카페의 브런치 메뉴로 나오는 티푸드는 2단, 3단 트레이에 샌드위치, 케이크, 스콘, 쿠키

애프터눈티의 티푸드와 크림티

다양한 티푸드

등이 담겨 나오는데, 제일 위쪽의 단에 있는 음식들이 가장 단맛이 강하니 1단부터 먼저 먹는 것이 좋다.

식사와 함께 홍차를 마실 때 음식에 있는 지방과 기름을 분해하여 입 안을 상쾌하게 만드는 것은 '탄닌'이다. 이 성분은 버터, 생크림, 유제품, 육류나 생선 등을 먹을 때 입 안을 개운하게 하고 고유한 음식의 맛을 즐길수 있게 해준다. 돈가스, 치킨, 중국음식 등 기름진 음식은 50도 정도의 약간 따뜻한 차와 함께 먹는다. 샐러드를 먹은 후나 생선회를 먹기 전에는 아이스티나 미지근한 차를 마셔 입안을 개운하게 한다. 라면·우동 등의 밀가루 음식은 미지근한 차와 함께 먹는 것이 좋으며, 라면을 끓인 후 찻잎을 조금(1g 내외) 넣으면 느끼함을 잡아 주어 담백한 맛이 있고 소화에 도움이 된다.

Ⅱ

특별한 후운이 있는 우롱차를 마셔요

16세기 후반 복건성에서 시작한 우롱차[烏龍茶]는 부분산화차로 복건성의 북쪽인 민북, 남쪽인 민남, 광동, 대만에서 주로 생산된다. 대표차는 무이암차, 안계철관음, 봉황단총, 동정우롱으로, 차를 마신 후 느껴지는 4대 우롱차의 후운候韻은 암운岩韻, 음운音韻, 산운山韻, 청운青韻으로 차의 품종별 특징, 고유한 향기를 평가하는 기준이 되고 있다.

우롱차는 같은 지역의 찻잎도 산화도에 따라 맛이 달라지기 때문에 '우롱차'라고 같은 이름으로 표기하는 것이 적절하지 않다고 생각될 만큼 산화 스펙트럼이 매우 넓다. 이는 차 산지의 테루와, 제다법, 차의 품종에 따라 고유한 맛과 향이 있기 때문이다.

전통적인 농향農香으로 가공하던 우롱차는 청향青香을 선호하는 소비자의 니즈를 반영하여 제이드우롱, 밀키우롱, 그해 만든 차를 오래 보관하였다 마시는 노우롱老烏龍, 오래된 차나무에서 생산한 노총수선 등이 있다. 최근 우롱차의 인기가 높아지면서 대만차를 베이스로 한 블렌딩 음료가 출시되어 자연스럽게 차를 마시고 즐기는 사람들도 다양해졌다.

녹차와 홍차의 장점을 갖춘 우롱차는 머리를 맑게 하고 지방을 분해하는 데 도움을 주어 점심식사 후 나른한 오후에 마시기 좋다. 중국과 대만에서 생산되는 우롱차의 제다 과정과 대표차의 특징을 살펴보기로 한다.

1

차향의 변신은 무죄

우롱차는 산화가 10~70% 진행된 차를 말하며, 중국 전체 차의 7%, 세계 차의 2% 정도를 차지한다. 중국 남부에서 농후한 꽃향기가 입 안을 개운하고 상쾌하게 하며 시원한 느낌을 주어 처음 마시기 시작하였다.

우롱차Oolong tea는 차의 외형이 검고 용처럼 굽었다 해서 '오룡차烏龍茶'라 하였고, 6대다류 중 청차青茶로 분류한다. 복건성의 소룡이라는 농부의 얼굴이 검어서 '오룡'이라 붙여졌다고도 한다.

녹차가 비산화차, 홍차가 완전 산화차라면 우롱차는 녹차와 홍차의 중간정도 산화 과정을 거친 차를 말한다. 산화 정도에 따라 제이드우롱, 엠버우롱, 노우롱, 베이키드우롱, 다크우롱 등으로 나뉜다. 또한 생산되는 지역에 따라 민북우롱, 민남우롱, 광동우롱, 대만우롱으로 나뉜다. 최근 인도, 스리랑카 등에서도 우롱차를 만들지만 고유한 우롱차의 제다법으로 만든 차와는 다른 풍미를 갖는다. 찻잎을 따서 위조 후 주청, 살청, 포유 과정 등의 과정과 홍배, 보관기간 등에 따라 고유한 맛과 향으로 변신한다.

채엽

　여린 잎으로 차를 만드는 녹차에 비해 우롱차는 순과 잎이 2~3장정도 자라거나 완전히 펴져야 채엽採葉, picking, pluking한다. 녹차는 새벽에 이슬 있을 때 채엽하지만 우롱차는 10~2시가 가장 좋은데, 찻잎의 수분을 15~20%로 낮추고 생엽에서 느낄 수 없는 싱그러운 향기가 만들어지는 위조와 관계가 있다.

채엽 · 위조

위조

채엽한 찻잎은 실외(쇄청)와 실내(양청)에서 위조菱凋, withering를 한다. 쉽게 말해 찻잎이 시들도록 하는 과정이다. 그늘이나 햇볕에서 시들리기 하면 찻잎의 수분이 줄어들고 산화되면서 부드러운 맛과 향이 채워진다.

요청

위조를 마친 찻잎을 대바구니에 넣고 굴려주면서[Rolling] 자극하면 찻잎 가장자리에 미세한 액포막이 손상되고 산화가 일어나며 향기가 변한다. 푸른 찻잎의 가장자리가 붉은 색으로 변하는 우롱차 특유의 녹엽홍상변綠葉紅鑲邊은 요청搖靑 과정에서 생긴다.

살청

살청殺靑, Fixation은 산화 정도를 살펴서 뜨거운 솥에서 덖어주는 과정으로, 산화효소의 활동을 정지시킨다.

유념

유념揉捻, Rolling은 살청 후 찻잎을 비비고 풀어주면서 차의 모양을 만드는 과정이다. 천에 찻잎을 넣고 축구공처럼 싸서[포유/단유] 회전하면서 위아래로 압력을 가하고 풀어주는[解塊, Roll Breaking] 과정을 손이나 기계로 반복하면 찻잎이 말리면서 건차의 모양이 된다. 포종차는 포유를 하지 않으며, 아리산 고산차는 포유가 약하고, 동정우롱과 철관음은 포유가 강하다.

건조

유념 과정에서 일어나는 찻잎의 산화작용을 멈추게 하고 수분이 5% 내외가 되게 건조乾燥, Drying한다. 완성된 차의 맛과 향을 보존하고 깊은 맛을 위해 건조하는 것을 배화焙火라 한다. 달콤한 향이 나는 과일 리치의 숯(여지탄)으로 차를 말리게 되는데, 재를 덮어 차가 타지 않고 오랫동안 건조하는 것을 탄배炭焙라 한다. 최근에는 전기와 열풍으로 건조하는 기계(홍건기)로 배화하는 홍배烘焙 건조를 많이 한다. 고산차는 센 불로 가볍게(경배), 동정오룡은 중간불로 길게(중배), 무이암차는 약한 불로 매우 길게(중탄배) 홍배하는데 고삽미가 적어지고 맛이 조화롭고 그윽해진다.

우롱차를 만드는 과정

포장

제다 과정 후 차의 품질을 향상시키는 선별작업과 포장包裝, Packing을 한다. 포장은 주로 알루미늄, 비닐, 캔을 사용하며, 공기를 빼고 압축하여 저장 기간을 늘린다. 찻잎이 차가 되기까지 꼬박 2일 정도 걸린다. 차의 종류에 따라 산화를 약하게 또는 강하게, 포유를 생략하거나 약하게 또는 강하게 한다. 차의 외형은 갈녹색, 갈홍색, 검고 윤기가 있으며 산화도가 약할수록 수색이 연해진다.

대만의 문산에서 포종차의 제다 과정을 견학하였다. 나이 지긋한 다농과 그의 아들이 중간 과정을 거친 차를 우려 차의 수색과 향을 품평하면서 다음 과정을 어떻게 할 것인지 진지하게 맛보고 정성을 다하는 모습이 오랫동안 기억에 남는다.

2

아주 넓은 우롱차의 세계

앞서 제다 과정에서 살펴본 바와 같이 우롱차는 산화라는 변수가 있어 맛과 향이 다양하다. 청차라고 불리다가 2014년 중국 정부에 의해 '우롱차'로 정하였다. 그러나 여전히 청차, 또는 오룡차, 우롱차를 혼용하여 부르고 있다. 다음은 산화 과정에 따라 분류한 우롱차의 종류이다.

제이드우롱

찻잎의 산화 정도가 10~30%이며, 선명한 녹색의 차로 찻잎의 외형은 자연스레 말려 있거나 포유를 거쳐 동그랗게 말려진 형태Jade oolong, green oolong이다. 녹차와 비슷한 맛이나 쓰고 떫은맛이 없고 달콤하고 개운한 맛과 맑은 수색이 있어 차를 처음 접하는 사람들에게 좋다. 야채향, 꽃향의 청량함이 있고 바디감은 가볍다. 주로 대만에서 생산되는데 꽃과 블렌딩한 것이 아닌데도 버터, 바나나, 복숭아, 파파야 등 흰색 꽃의 은은한 향이 난다. 금훤, 대차 12호 품종으로 약한 산화 과정을 거치거나 우유향을 더한 '밀키milky우롱'을 생산 한다.

엠버우롱

찻잎의 산화도가 30~70%이며, 홍배를 강하게 제다Amber oolong한다. 백호오룡, 대홍포 등은 찻잎을 펼쳐놓고 길게 위조하여 살청 후 산화효소의 작용을 멈추게 한 후 건조한다. 홍차에 가깝다고 느끼며 바디감이 무겁다. 약간 쓴맛에 단맛, 코코아, 커피, 복숭아, 목재향, 구운향이 난다.

베이키드우롱

제이드우롱을 낮은 온도에서 열을 가하여 맛의 깊이를 살리고 구수함

탄배기와 홍배기

을 만들어 낸 차Baked oolong, Roasted oolong로 동정우롱, 목책철관음은 강한 홍배로 생긴 단향, 목재향이 나고 맛이 깊은 차가 된다.

❋❋❋❋ 노우롱 ❋❋❋❋

일반 우롱차를 1년에 한 번 정도 홍배하여 깊은 향미가 된 차를 노우롱 Aged oolong이라 한다. 낮은 온도에서 오랫동안 홍배하면 카페인 함량이 적어져 맛이 부드럽고 독특한 향기가 만들어지고 장기간 보관하면 찻잎은 어둡고 광택이 있으며 탕색은 붉고 투명하다. 그러나 별도의 과정이 없이 묵혀둔 차는 혀가 얼얼하고 쓴맛이 난다.

동정우롱과 10년, 25년의 노우롱을 비교해 보았다. 동정우롱도 홍배가 강한 중화中火 동차冬茶는 진노랑색 다탕색이다. 10년이 지난 우롱은 진한 붉은색, 25년이 된 우롱은 오렌지 색을 띤 붉은색이지만 마치 오래된 보이차처럼 깊은 맛과 묵직함이 있고, 쓴맛이 거의 없으면서 편안한 차였다.

노우롱의 비교

다크우롱

40~70% 산화되어 길게 말려있는 외형의 차Dark oolong, Black oolong로
주로 민북우롱을 말한다. 약간 쓴맛, 단맛이 있고, 목재향과 구운 향이 강
하다. 수색은 황금색이며, 바디감도 무겁다. 살구, 배, 건포도, 복숭아, 꿀,
구운 향이 난다.

3

복건에서 포모사까지

우롱차와 홍차의 기원은 중국의 복건성이다. 18세기 복건에서 처음 영국에 선보인 차는 녹차였다. 이후 다양한 산화차, 완전 산화차를 만들어 수출과 공납을 하였다. '민'은 복건성을 의미하며 민북과 민남으로 나뉜다. 민북의 대표 차산지는 무이산이고, 민남의 대표 차산지는 안계현이다. 포모사formosa는 포르투갈 사람들이 대만을 방문한 뒤 '아름다운 섬'이란 뜻으로 부르게 되었고, 대만차를 '포모사 우롱'이라 부르기도 했다.

우롱차는 마신 후 향기의 지속성[香], 차가 주는 특유의 청아함[淸]과 수색의 맑음 여부[活], 과일을 먹고 난 뒤의 자연스러운 달콤함[甘], 심신이 안정되고 차분해지는 것을 느끼면서 마신다고 한다. 특히 민북우롱의 암운, 민남우롱의 음운, 광동우롱의 산운, 대만우롱의 청운은 각 지역의 차에만 있는 독특한 후운을 말한다. 복건성에서 시작하여 광동과 대만에서 생산되는 우롱차는 녹차와 홍차의 중간쯤으로 맛과 향은 녹차보다 복잡하지만 홍차보다는 단순하다.

민북우롱

바위가 많은 무이산은 차의 최대 생산지로 복건성 북쪽에 있어 민북우롱이라 한다. 차의 맛과 향이 뛰어난 최상의 무이암차를 명총名叢이라 하는데, 청나라 때 지정한 4대 명총은 '대홍포, 철라한, 수금귀, 백계관'이다. 여기에 '반천요'를 포함하여 5대 명총이라 한다.

무이암차는 찻잎이 펴질 때까지 기다렸다 채엽하여 찻잎이 크고 색상이 진하다. 강한 산화를 거치면서 차의 외형은 청갈색을 띠며 부피가 크고 느슨하게 말려 있다. '불'맛, 낙엽을 태웠을 때 향[岩骨花香]이 느껴지는 것은 암차가 강한 홍배 과정으로 바위의 중후함, 꽃의 화려함 등이 차 속에 우러나 있어 암운岩韻이 느껴진다고 한다.

또한 무이산의 3갱(우란갱, 혜원갱, 도수갱)과 양간(류향 간, 오월 간)에서 자라 맛과 향이 조화롭고 내포성이 뛰어난 정암차, 정암보다 낮은 지역의 바위와 계곡에서 생산되는 반암차, 무이산시에 주소를 둔 차밭이나 차산에서 제다하여 생산량이 많고 시장에서 무이암차로 유통되는 주차 등으로 구분한다.

1) 대홍포

대홍포大紅袍는 중국의 10대 명차 중 하나이며 '무이산 차의 왕'으로 많이 알려진 차다. 검은색에 가까운 진갈색 찻잎이 길게 꼬아진 형태로 말려 있고 과일향과 옅은 계화향이 있으며, 약간 쓰고 떫지만 몽롱하면서도 선명한 구수함이 느껴지고 여운이 오래 간다. 바위틈에서 자라기 때문에 미

대홍포

네랄이 많은 차로 배를 따뜻하게 해주고 소화가 잘 되고 속이 냉한 사람에게 좋다.

1980년대부터 급부상하여 2000년대 국가비물질유산으로 등재되었고 모수母樹의 채엽을 금하여 보호하고 있다. 중국 중앙박물관에는 고대 다구 용품 및 청대 도자기와 함께 전시되는 최초의 차이며, 대홍포는 희귀성과 보존의 가치를 인정받은 명총 중의 명총이다.

2) 철라한

무이산 최초의 명총이 된 차로 남송 주희의 책에도 나온다. 이 지역에 전염병이 돌았을 때 철라한鐵羅漢을 마신 후 쾌유되었는데 이 공덕이 나한 보살처럼 중생을 구한 것과 같다고 하여 철라한이라 불렀다. 찻잎의 폭이 좁고, 길고 견고하게 휘말려 있는 청갈색 외형이다. 진한 꽃향이 오랫동안 유지되고 맛이 순수하면서 힘이 있다. 맑고 투명한 탕색에, 우린 후 엽저는 연하고 밝은 주홍색이다.

3) 수금귀

수금귀水金龜는 찻잎이 거북이 등 모양을 하여 붙여진 이름으로 다소 투박한 맛이 있을 것 같은 이름이다. 다른 암차보다 연한 금황색 탕색에 부드럽고 구수한 맛과 약한 과일향이 산뜻하다. 이는 건조 후 여러 번의 홍배를 통하여 암차 특유의 잔향을 조화롭게 살린 차다.

4) 백계관

백계관白鷄冠은 새싹이 돋아날 때 햇볕을 받아 반짝이는 것이 마치 흰 벼슬을 가진 닭처럼 보인다 하여 백계관이라 하였다. 찻잎이 노랗고 울퉁불퉁하나 잎이 가늘고 부드럽고, 다른 암차보다 탄배가 약하다. 차를 우릴 때 차에 직접 물이 닿지 않도록 부어 우린다. 수색은 맑고 산뜻한 등황색, 화사한 향이 부드럽고 깊으며 싱그러운 맛이 느껴진다.

무이산 찻잎

5) 반천요

찾잎을 찾아 반나절 동안 무이산을 오르다 산 중턱에서 마침내 발견하여 반천요半天腰라 불리는 이 차는 5번째 명총이 되었다. 차의 외형은 갈녹색이고 건차에도 향기가 있다. 탕색은 등황색으로 투명하다. 우유, 과일, 계피향이 은근하고 부드러우며 깔끔하고 회감이 있다.

6) 육계

4대 명차에는 속하지 않으나 향이 좋은 차로 계피향이 있어 육계肉桂라 불린다. 무이산 10대 품종 중의 하나로 찾잎이 길쭉한 타원형으로 도톰하고 검은 빛을 띠는데 광택이 있다. 탕색은 투명한 오렌지 계열의 황색으로, 맛은 깊이 있고 순하고 뒷맛이 깔끔하고 향기가 오래간다.

7) 수선

복건성 무이산武夷山에서 생산되는 우롱차의 한 품종으로 민북수선은 '수선水仙'이라 부른다. 수선 품종은 잎은 길고 곧게 뻗은 모습이며, 등황색의 수색에 진한 난꽃 향이 오래 느껴진다. 진하면서도 순수한 맛이 감미롭고 청량하며 엽저는 황녹색이다.

민남우롱

1689년 중국과 영국의 차 무역은 하문廈門항을 통해서 이루어졌고, 이 항구에서 북쪽으로 들어간 지역이 민남우롱의 주산지 안계安溪지역이다. 1978년 철관음鐵觀音, 황금계黃金桂, 본산本山, 모해毛蟹를 4대 명차로 지정하였다.

민북우롱과 같은 제다 과정으로 만들지만 위조를 짧게, 산화를 가볍게, 포유를 강하게 한다. 건조된 찻잎은 잠자리 머리 모양으로 긴밀하고 단단하게 말려 있다. 전통적으로 50% 이상의 농향濃香으로 제다하지만 지금은 30% 정도 약하게 홍배하여 일반인도 편안하게 즐기기 좋다.

은은하고 그윽한 향기에 투명한 등황색 탕색이며, 붉고 푸른색이 혼합된 삼홍칠록三紅七綠의 엽저가 있다. 찻잎은 검은 녹색(철색)으로 윤기가 있으며, 다탕색은 금황색이며 은은하고 부드러운 단맛이 있다. 차의 향기가 시원하고 달콤한 과일향이 특징인데 이를 음운音韻이라 한다. 봄·가을에 만드는데 봄차는 맛이 풍부하고 부드러운 반면 가을 철관음은 향이 화려하면서 오래 우러나는 특징이 있다.

1) 안계철관음

복건성 안계현의 대표적인 차는 안계철관음安溪鐵觀音이다. 청나라 건륭황제가 차의 모양이 관음觀音과 같고 철鐵과 같이 무겁다 하여 차 이름을 하사하였다. 또한 차를 재배하는 착하고 어진 사람이 있었는데 매일 아침 차를 관음보살에게 올렸다. 하루는 꿈에 관음보살이 나타나 "그대가 만들

고 있는 그 차는 수많은 사람의 병을 고쳐주는 차이므로 위음魏蔭이라 이
름 지으라"라 하여 위음차라 불렀다 한다. 천연의 난향이 관음과 견줄 만
하여 '관음왕'이라는 별칭도 있다.

차향이 진하고 맛이 깊으며 탕색은 연한 갈색이다. 엽저는 도톰하고 밝
고 깨끗하다. 안계철관음의 명성이 높아지자 다른 나무들과 어우러져 비
옥했던 차나무의 환경은 대량 재배로 직사광선과 적정 온도, 습도 등 조절
이 어렵게 되었으며, 초록빛 윤기가 있는 차를 생산하게 되었다. 이러한
현상은 농향보다 청향을 추구하는 소비자 트렌드와 관계가 있다.

4대 민남우롱

위의 그림은 민남의 대표적인 안계철관음, 본산, 불수, 황금계의 외형과
다탕색, 엽저이다. 산화도가 약한 민남우롱의 특징이 보인다.

2) 황금계

황금계黃金桂는 황단 품종의 차나무로 향기가 하늘을 찌르는 듯하다 하여 '투천향'이라 부른다. 제다 후 차의 외형은 검은 빛을 띠는 녹색으로 가늘고 길게 말려 있으며, 다탕색은 황금색이고, 계화향이 있다.

3) 본산

본산本山은 1870년 원성이라는 사람이 발견하여 '원성종'이라 부른다. 찻잎의 외형이 비교적 두껍고 무겁다. 잎과 줄기에서 붉은 광택이 나고 색이 까맣다. 철관음 같이 향이 오래가고 맛이 시원한데 약간 시고 단맛이 있다.

4) 모해

모해毛蟹는 둥글게 말려 있고 나선 모양인데 머리가 크고 꼬리가 작은 형태로 싹 부분에는 흰색이 비친다. 시원하고 진한 향이 있고 순수하고 맑은 맛이 있다. 엽저는 테두리에 붉은 기운이 있다.

5) 영춘불수

영춘불수永春佛手는 유념은 강하게 산화는 약하게 만든 차로 향기는 강하고 진하며 탕색은 투명한 황금색이다. 찻잎이 부처의 손등처럼 생겼다 하여 '향연香椽'이라 부르고 동남아 화교들이 즐겨 마신다.

광동우롱

송나라 때부터 만들어지기 시작한 광동우롱廣東烏龍은 봉황산鳳凰山 일대에서 생산하며 봉황수선, 봉황단총, 영두단총, 요평색종, 석고평오룡, 대엽기란, 흥녕기란 등이 있다. 그 중 봉황단총과 영두단총이 최고인데 생산량이 적고 비싼 편이다.

봉황단총은 해발 1,000미터 이상의 운무가 자욱하고 습하며 주야의 온도차가 큰 비옥한 산에서 자라서 유기물질이 풍부하다. 1982년부터 봉황차는 중국 명차로 평가받았고, 중국 3대 우롱차의 하나가 되었다. 봉황단총의 특별함은 역사상 단주에서 채엽하고 다른 찻잎을 섞지 않아 '단총차單叢茶'라 한다. 아래의 그림은 봉황단총 밀란향과 계화향을 비교한 것인데, 향의 특징은 선명하나 다탕색은 거의 같다.

봉화 오동산에는 200년 이상 된 차나무가 3,700여 주 있다. 남송(1127~1279)의 마지막 왕이 원나라의 공격으로부터 피신했을 때 마신 차가 갈증 해소를 돕고 정신을 상쾌하게 해주어 '송차'라 하였고, 후대에 '송종'이라 불렀으며, 청나라 때 공차로 정해졌다.

광동우롱

단총차는 녹차의 청향과 홍차의 깊고 두터우며 신선하고 청량한 맛이 특징이다. 제다 중에 화향, 꿀향, 과일향이 어우러진 천연의 독특한 향이 있는데 산운山韻이라 부른다. 찻잎은 크고 가늘고 잘 꼬여 있고 윤기가 있는 황갈색이다. 향기의 종류에 따라 밀란향, 계화향, 지란향, 황리향, 계화향, 옥란향(목련향), 유화향, 행인향, 살구씨향, 육계향, 강화향 등이 있다.

대만우롱

대만우롱은 1980년대부터 아리산, 리산, 대우령 등 고산지대에서 약한 산화를 거쳐 생산된다. 가볍고 신선하고 섬세한 맛과 향이 새로운 트렌드로 주목을 끌고 있다. 단단하게 말려 있는 찻잎, 연노랑 수색, 과일향과 풀향, 두유향의 맑고 투명한 향기를 청운淸韻이라 하는데 대만차의 특징이다.

1800년대 실론(스리랑카), 인도네시아, 인도를 중심으로 홍차를 생산하면서 영국의 사업가에 의해 차의 나라가 되었다. 재래종 아사미카가 있었고 19세기 이전 복건성의 차나무를 가져와 심었다.

1949년 독립되면서 현재 대만의 우롱차는 품질이 우수하여 중국인들도 즐겨 마신다. 2004년부터 연 2회 차를 겨루는 비새차比賽茶(시합차)가 열려 좋은 품질의 고급차가 만들어지는 계기가 되었다. 대만은 위도는 낮으나 중앙부의 해발이 높고, 짙은 안개 속에서 자란 독특한 차가 많다. 전 세계 우롱차의 20% 정도를 생산하는데 청향의 리산 · 대우령 · 문산포종 · 시계춘과 농향의 동정우롱, 목책철관음, 밀향의 동방미인, 밀향우롱 등이 있다.

대만의 우롱차

1) 문산포종

문산포종차文山包種茶는 복건성에서 가져와 개량한 품종으로 만든 차로 차를 종이에 싸서 두었다 하여 '포종차'라는 이름이 붙여졌다. 녹차에 가깝게 가벼운 산화와 가벼운 유념으로 건조된 찻잎은 진한 녹색으로 길게 말려 있다. 다른 차에 비하여 긴 줄기가 있다. 난향이 오래가고 여운이 있으며, 마신 후 입안이 깔끔하고 뒷맛이 개운하다. 탕색은 황록색, 엽저는 선명한 녹색이다.

2) 동방미인

동방미인東方美人, Oriental beauty은 대만의 대표적인 우롱차이다. 원래 명칭은 차의 싹이 흰 털로 쌓여 있어 백호오룡차白毫烏龍茶였으나 영국 빅토리아 여왕이 '동방의 미인과 같다'고 하여 동방미인으로 부르게 되었다. 매미충과의 소록엽선小祿葉蟬이 찻잎의 가장자리를 갉아 먹으면서 생긴 진액이 산화되면서 상쾌한 맛과 독특한 꽃향이 난다. 소록엽선은 유기농으로 재배해야 볼 수 있는 벌레로 동방미인의 생산량은 적고 제다 과정이 까다롭다. 복건성 무이산의 차를 대만 신죽현新竹縣에서 재배하기 시작하였다. 완성된 차에서는 붉은색, 녹색, 황색, 흰색, 갈색을 볼 수 있다. 산화도가 60~80%로 맛은 홍차와 비슷하다. 일찍 딴 차의 다탕색은 진한 노란색, 늦게 생산한 차는 오렌지색이며, 엽저는 적갈색이다.

3) 동정우롱

대만을 대표하는 차로 우롱차 중에서 세계에 가장 많이 알려졌으며 10대 명차 중의 하나가 되었다. 동정우롱東頂烏龍은 대만의 동정산에서 생산되는 차로, 무이산의 무이암차, 복건성 안계철관음, 광동성의 봉황단총과 함께 대표적인 4대 우롱차로 꼽히고 있다.

동정우롱은 대만의 다른 차에 비하여 산이 높지 않아 강한 홍배 과정으로 건조한다. 전통적으로 산화를 많이 하였으나 청향 우롱이 늘고 있으며, 포장할 때 홍배의 정도를 표기한다. 동정우롱은 철관음과 같은 방법으로 만들어 진녹색이며 반구형으로 말려 있다. 향긋하고 구운 견과류 향이 어우러져 진하며 부드럽고, 마신 후 입 안에 단맛이 남는 것이 특징이다. 탕색은 암홍색, 선홍색 등 홍배도에 따라 약간 차이가 있다.

4) 고산차

대만의 고산지역에서 생산된 차로 1아3엽으로 만든다. 일반적으로 고산차는 해발 1,000미터 이상에서 만든 차를 말한다. 5~6월, 9~10월에 만들어 춘차, 동차로 구분한다. 리산梨山, 아리산阿里山, 대우령大禹嶺의 고산지역 찻잎은 감미로운 맛과 향이 진하다. 청심오룡, 금훤 품종으로 제다하여 향이 부드럽고 복합적이며 맛도 풍부하다.

5) 목책철관음

청나라 때 복건성 안계현의 차를 대만의 목책木柵鐵觀音에 심었고, 전통적인 제다법으로 만들어 묵직하고 농후한 차향과 상쾌한 맛이 난다. 여러 번 홍배하여 찻잎이 둥글고 단단하게 말려 있고 단향이 나는 것이 특징이며 탕색은 오렌지 빛 황금색이다.

4

우롱차 즐기기

공부차工夫茶는 정성과 예법을 갖춰 차를 우리는 것으로 필요한 다호 또는 개완배와 다배, 문향배, 공도배, 집게, 다하 등의 찻그릇을 이용하여 차를 우리는 것을 말한다.

※※※※ 우롱차 찻그릇 ※※※※

1) 개완배

개완배蓋碗杯는 뚜껑이 있는 찻잔을 말하는데 차탁茶托과 한 세트로 되어 있다. 차와 물을 넣고 기다리면 개완의 위쪽으로 향기가 발산되어 윗부분을 벌어지게 하고 뚜껑은 오목하게 만든다. 차가 다 우러나면 엽저가 나오지 않도록 조금만 열어 차를 공도배에 따른 후 찻잔에 따라 마신다. 혼자 마실 경우 개완을 들고 뚜껑을 살짝 열어 마시며 티 테이스팅으로도 사용한다. 용량은 마시는 인원에 따라 선택하되 너무 큰 것은 좋지 않고, 뚜껑이 봉긋하여 향이 머물 수 있는 것을 고른다. 구입하기 전에 잡아보고 자신의 손에 맞는 것을 고른다. 뜨거운 물을 부어도 차를 우릴 경우에 지장 없는지 확인한다.

다호는 백색의 도자기로 만든 것을 사용하는데, 홍차를 우릴 때 쓰는 티팟보다 작은 것을 사용한다. 뚜껑과 잘 맞는지, 보온은 잘 되는지 살펴 구입한다. 녹차, 백차와 같이 어린 잎으로 만든 차는 높은 온도로 우리면 쓴맛이 많이 우러나오게 되어 굳이 보온성이 좋은 자사호를 사용할 필요가 없다. 오히려 싱그러운 차의 향기가 감소하고 찻잎이 익어 풋내가 날 수 있기 때문에 다관이나 개완배가 좋다. 자사호를 사용하고 싶다면 소결도가 높은 주니를 사용하고 물의 온도는 조금 낮춘다. 또한 찻물을 따른 후 뚜껑을 열어 차가 익지 않도록 주의한다.

2) 문향배

문향배聞香杯는 향기를 감상하기 위한 길쭉한 잔이다. 혼자 마실 경우 길쭉한 뚜껑이 있는 잔을 선택하면 문향도 즐길 수 있다.

우롱차 찻그릇

3) 다배(품명배)

다배茶杯는 품명배品茗杯라고도 하는데, 차를 마시는 크기가 작은 찻잔으로 뜨거운 차를 마실때는 반쯤 따라 마시고 향이 진한 차를 즐기려면 길쭉한 잔을 사용한다.

4) 공도배(다해)

공도배公道杯는 다해茶海라고도 한다. 뜨거운 물을 따르거나 우려진 차를 따르는 그릇으로 백자, 유리, 자사 등으로 되어 있는데 탕색을 보는 데는 백자와 유리가 좋다.

5) 다하

다하茶荷는 차의 양을 재고 차호나 개완배에 차를 넣는 도구로 대나무나 도자기로 만든다.

6) 다도구

다침, 다시, 다협, 다루, 송곳 등을 다도구라 하고 다호나 개완배 아래 다점, 다건 등이 필요하다.

7) 호승(다선, 다지, 차판)

다호를 올려놓고 차를 우리기 위한 도구로 차의 종류에 따라, 우리는 방법에 따라 호승壺承 외 다선茶船, 다지茶池, 다반茶盤 등으로 부른다.

8) 수우

수우水盂는 개완배와 찻잔을 데우고 버리는 물을 담는 퇴수그릇을 말한다. 여러 가지 차를 마실 경우에는 차판에 호스로 연결한 퇴수기로 수우를 대체한다.

우롱차 우려보기

1. 끓인 물은 공도배에 따르고 그 물을 다호(개완배)에 붓고 뚜껑을 덮는다.

2. 다호(개완배)를 데운 후 물을 공도배에 따르고, 다배(품명배)를 데운다.

3. 다호(개완배)에 차를 넣고 뚜껑을 덮는다.

4. 잠시 기다렸다 차향을 맡는다.

5. 다호(개완배)에 뜨거운 물을 붓고 차가 우러나기를 기다렸다 공도배에 따른다.

6. 공도배의 차를 찻잔에 고루 따른 후 마신다.

편하게 즐기기

데운 개완에 건차를 넣은 후 뚜껑을 닫고 살짝 흔들어준다. 뜸을 들이는 그 짧은 시간에 향기가 발산된다. 건차를 감상하기에 좋은 시점이다. 뚜껑을 자주 열면 향기가 없어져 버리므로 코앞에서 개완배를 연다. 문향배를 사용하는 경우 뜨겁게 우러난 차의 향기(열문), 식은 차의 향을 느껴본다. 식어도 향기가 느껴진다면 좋은 차라는 증거이다.

가볍게 산화된 문산포종으로 아침을 시작하고, 점심 후에는 봉황단총으로 소화를 돕고, 저녁에는 동방미인을 마셔 마음을 차분하게 한다. 비가 오는 날에는 훈연이 올라오는 암차, 해가 뜨겁게 내리쬐는 날에는 안계철관음을 마시면 좋다. 대만의 찻집 유산차방에는 봄에 리산, 여름에 동방미인, 가을에 계화우롱, 겨울의 탄배 동정우롱차를 추천하며, 그에 어울리는 다기를 전시하고 있다.

우롱차 즐기기

문향배

   계절에 따라, 차를 마시는 시간에 따라 마시는 차의 기준은 다소 주관적일 수 있다. 개인의 취향에 따라 즐기되 연하게 시작하여 진한 차 순서대로 마시고, 한 자리에서 3가지 이상, 한꺼번에 많은 양을 마시지 않는다.

   대만에서는 고산차를 생수에 넣어 냉침하여 판매한다. 우유, 탄산수와 블렌딩하여 즐기면 일반인들도 편하게 마실 수 있다. 견과류, 당절임 과일, 견과류, 과일을 넣어 만든 과자와 함께 마신다.

Ⅲ

빈티지가 주는 맛, 흑차를 마셔요

우리나라 사람들이 보이차에 관심을 갖게 된 것은 1990년대이다. 그 후 30년이 지난 지금은 전문샵을 비롯하여 홈쇼핑, 인터넷 쇼핑몰, 차 축제장에서 홍보하고 판매되고 있다. 올해 다녀온 차 박람회장 보이차 부스는 시음하려는 사람들로 길게 늘어섰다. 1904년 여름 뜨거운 홍차를 홍보하기 어려웠던 미국의 박람회와는 다른 풍경이다.

여행의 트렌드도 단체관광에서 주제가 있는 기행, 배낭여행으로 바뀌고 있다. 나만을 위한 여행의 일정을 내가 설계하는 시대가 된 것이다. 자신이 마시는 차가 어디서, 어떻게 만들어지는지 알고 싶고, 이국적인 찻집, 찻그릇이 궁금해서 떠난다. 차가 생산되는 지역과 나라로의 여행이 차문화 기행이다.

오랫동안 차를 마셔왔다고 하지만 나 역시도 보이차는 아직도 연구중이다. 그것은 보이차의 '진실된 맛'을 아직 모르기 때문이다. '진실되다'라는 것은 '참 맛'에 대한 이해가 부족하다는 말로, 세월이 주는 맛과 향을 느낄 수 있을 만큼 다양한 보이차를 마시지 않아서일 수도 있다.

　보이차가 어떤 차인지는 몰라도 들어본 적이 없는 사람은 없다. 이 장에서는 보이차의 고향은 어디인지, 다른 차와 어떻게 다른지, 다양한 보이차의 세계를 알아보고자 한다.

1

보이차가 궁금해요

요즘 다양한 채널에서 보이차普洱茶를 접하다 보니 '나도 이제 마셔야 하나?' 라고 한번쯤 생각을 해봤을 것이다. 보이차는 6대 다류六大茶類 중 흑차黑茶, Dark Black Tea에 해당된다. 흑차에는 보이차, 육보차, 천량차, 복전차 등이 있는데 유독 보이차에 대한 관심이 많다 보니 '보이차'가 곧 흑차의 대명사가 되었고, '흑차는 몰라도 보이차는 안다'는 사람도 적지 않다. 또한 보이차를 6대 다류 외 별도의 보이차Pu-erh tea로 구분해야 한다고도 한다. 1980년대 보이차가 일본에서 유행한 것은 단지 살이 빠지고 몸을 따뜻하게 해주는 기능으로만 가능했을까? 차의 어느 성분이 몸에 좋은지는 잘 모르지만 건강을 선물한다는 마음이 한동안 최고의 선물이 되었을지도 모른다.

보이차는 녹차나 청차 등 산화 정도가 약한 차의 꽃향, 과일향, 꿀향과 다르게 난향, 장향, 대추향, 인삼향이 난다. 싱그럽고 감칠맛보다 시간이 지남에 따라 묵직한 맛, 개운하고 복잡한 맛이 있다. 오래 두고 마셔도 좋은 대표적인 차로 알려진 보이차는 가볍게 살청 후 햇볕에서 건조하면 쇄청 녹차의 맛이 난다. 월진월향越陳越香은 시간이 지남에 따라 효소 작용에 의해 차의 성분이 천천히 변화되어 맛과 향이 달라지는 것을 말한다. 같은 보이차라도 관목과 교목, 제다 방법, 보관된 시간에 따라 다른 풍미가 있다.

보이차의 고향 운남성

운남성雲南省은 중국의 남쪽에 있으며 주로 보이차를 생산하고 있어 '보이차의 고향'이라 부른다. 난창강은 청해성 해발 5,200미터의 고원에서 발원하여 티베트를 거쳐 운남의 남북을 지나 라오스, 태국, 캄보디아, 베트남으로 흐른다. 이 난창강을 사이에 두고 오른쪽에는 고6대차산古六大茶山, 왼쪽에는 신6대차산新六大茶山이 있다.

두 차산에는 고차수古茶樹가 야생에서 자란다. 고차수는 자연림 속의 100년 이상 된 차나무로 고수차의 원료가 된다. 그 중 차왕수茶王樹는 고차수 중에 가장 오래된 차나무를 말한다. 밀림 속의 이끼가 무성한 고차수의 찻잎으로 만든 보이차와, 재배차로 만든 보이차는 맛의 깊이가 같지 않다. 1960년 이전에는 대부분 자연 상태의 교목이었으나 생산량이 적고 찻잎을 따기 힘들게 되자 추위에 강하고 생산량이 많은 재배형 교목과 개량종 관목을 평지와 비탈진 곳에 대단위로 재배(기지차, 대지차)하였다.

1) 고6대차산
난창강의 동쪽에 있어 '강내江內 6대차산', '고6대차산'으로 불린다. 청나

라부터 유락, 망지, 만전, 혁등, 의방, 이무 지역의 보이차는 왕실에 공납하는 공차貢茶로 알려지기 시작하였다. 산속의 차나무는 다른 활엽수 및 풀과 공생하고 있어서 시간이 지나면서 고유한 맛과 향이 풍부하다. 고6육대차산은 대부분 고차수로 인근의 소수민족이 나무에 올라가 찻잎을 따고 만들기 때문에 귀하고 비싼 편이다.

2) 신6대차산(맹해차산)

난창강 서쪽이라 '강외 6대차산', '신6대차산'이라 부르고 일반적으로 맹해차산을 말한다. 맹해현을 중심으로 남나, 포랑,

운남성의 차 산지(출처: teacoop普洱茶黑茶特別展 자료집)

맹송, 파달, 경매, 남교 등 넓고 높은 다원에서 보이차 외 홍차, 백차, 녹차 등이 생산된다. 맹해현은 중화민국(1912년)부터 주목을 받아 최대 규모의 국영공장과 민영공장에서 보이생차와 보이숙차를 생산하고 있다.

2008년 이후 운남성 거의 전체에서 생산한 보이차를 지리적 표시제로 지정하였고 관목 개량종을 대단위로 식재하여 생산량이 늘어났다. 고수

맹해의 보이차방

차 중심의 고급차, 개량종으로 밀실재배 된 차, 운남성 이외 지역에서 쇄청이 적절히 이루어지지 않은 차도 보이차로 유통되고, 생산을 늘리기 위해 과다한 비료, 농약 등을 사용하는 곳도 있다.

운남성에서 차산에 가려면 포장도로와 비포장길을 지나 산속으로 한참을 걸어야 한다. 깊고 높은 산에 있는 고차수의 이끼를 보면서 세월의 맛을 짐작한다. 차를 직접 만들어보고, 현지에서 보이차를 마셔보면 그동안 마셔왔던 것보다 훨씬 가깝게 느껴진다. 보이차를 마시는 사람, 애호가가 늘어나면서 신뢰하며 안전하게 마실 수 있는 다원 관리와 진정성 있는 유통, 합리적인 가격 등 중요한 과제들이 대두되고 있다.

언제부터 보이차를 마셨을까?

운남은 중국의 다른 지역처럼 차나무가 있었으나 본격적으로 생산과 소비가 이루어진 것은 청나라 건국 이후인 1700년대 전후이다. 지금의 보이차처럼 오래 묵혀두지 않고 햇보이차를 마셨다. 운남에서 만든 차는 티베트, 베트남, 동남아시아 등으로 퍼져 나가게 되었다. 청나라 『보이차기普洱茶記』에는 '2월부터 차를 만들기 시작하여 모첨차毛尖茶, 춘첨차春尖茶, 곡화차穀花茶 등으로 불리는데 크고 둥글게 뭉친 차[緊團茶]와 작게 뭉친 차[女兒茶]를 만들었다'고 한다. 또한 보이차는 다른 차보다 진하여 연경에서 더 귀하게 여겼다고 한다. 어린 잎으로 만든 신선한 햇차를 황실에 공납하고(1726년), 큰 잎으로 만든 차는 수출하였는데, 이후 형태와 제다법이 변화면서 지금의 보이차가 되었다. 청나라는 '운남차법(1735년)' 제정으로 개인에게 차인茶印을 발행, 차를 수매하고 세금을 부과하였으며, 정부에서 생산을 주도하여 유통과 소비가 확산되었다. 7편의 둥근 차를 대나무 껍질로 포장하여 한 통의 보이차[七子餅茶]를 만들었다.

1757년 아편전쟁 이후 홍콩에서 보이차는 유럽의 각 항구로 퍼져나갔다. 영국령이 된 홍콩의 인구가 늘어나고 영국인이 마시는 홍차와 사교문화, 다루茶樓에서 딤섬과 보이차를 즐기는 서민문화가 공존하면서 홍콩은 세계의 차가 모이는 무역항으로 발전하였다.

1856년 대리大理에서 '두문수의 반란'이 일어나 보이지역까지 점령하자 보이차는 차마고도茶馬古道로 유통하기 어렵게 되었다. 차마고도는 실크로드보다 200년 앞선 인류 최고의 교역로로 사천성, 운남성의 차를 티베트와 신강 등 서부 변경까지 전달하던 길이다. 1950년 철도와 국도의 건설로 없어진 차마고도는 천년 이상 수많은 이들이 걸어온 역사, 문화적 가치를 인정받아 세계자연유산이 되었다.

이무와 의방에서 만들어진 보이차의 80%는 홍콩에서 유통되었고, 소비

노반장과 맹해차창

가 늘어나자 가격이 오르고 빨리 발효시킨 습창차가 생겼고, 모방품이 만들어지는 등 유통시장은 혼란을 겪게 되었다.

중일전쟁(1937년)이 시작되면서 인도차이나를 점령하던 프랑스 군대에 의해 베트남으로 오가는 차의 유통로가 막히자 맹해를 중심으로 교역이 이루어졌다. 이후 고6대차산에서 신6대차산으로 보이차의 최대 가공지, 최대 교역지가 바뀌게 되었다.

홍콩의 다루에서 보이차의 소비를 예측하여 미리 만든 차들은 복잡한 세계 역사 속에서 창고에서 수십 년 세월을 보냈다. 이후 독특한 맛과 향으로 후발효된 보이차를 맛보게 되었다.

1950년은 보이차의 생산에 중요한 시기로, 중국의 모든 차는 국유화되어 공급이 원활하지 않았다. 운남의 모차는 광동성에서 제조(광운공병)하여 홍콩으로 유통하게 되었다. 또한 만들어진 차에 물을 뿌려 발효를 하게 되었고 악퇴발효로 발전하게 되었다. 중국다업공사운남성공사가 설립되고 '중차패원차'가 들어간 차가 만들어졌다.

1960년대부터 운남에 재배다원이 넓게 조성되면서 홍콩의 전문 차창에서 보이차를 비롯한 다양한 차와 자사호가 유통되었다. 곤명, 맹해, 하관, 보이의 4곳의 국영 차창에서 생산한 보이차 중에서 수출하는 차에는 '중국토산축산진출구공사운남성차엽분공사출품'이라는 표기를 붙여 유통되었다.

2003년 운남성 정부는 '운남보이차지방표준'을 제정하였고 '보이차는 운남성 특정지역에서 나는 운남 대엽종 찻잎을 쇄청모차로 가공한 것'이라 정의하였다. 이후 2008년 '지리표지산품-보이차'가 시행되면서 운남성의 80%가 차산지가 되었으나 전통적으로 고6대차산과 신6대차산에서 생산되던 중·소엽종의 보이차가 지리표시에서 빠지게 되었다.

다음의 사진에서 소엽종과 대엽종의 찻잎을 손바닥 위에서 비교하고 있다. 대엽종 차나무는 통나무 사다리를 걸쳐놓고 찻잎을 딴다. 운남의 차산지에서 나무로 된 사다리는 흔한 풍경이다.

남나산과 노반장, 하개 등의 차산에는 오래된 차나무가 많다. 그 중 1,000년 이상된 차나무 중 다왕수, 다황후를 지정하여 보호하고 있으며, 오래된 차나무는 관리번호가 붙어있다. 오랜 세월의 흔적은 고차수에 핀 이끼로 알 수 있으며 보이차 고유의 묵직한 차 맛, 복잡한 향기가 전해지는 듯하다.

노반장과 남나산의 다왕수

2

내게 딱 맞는 보이차

보이차는 덩어리차의 모양이 떡처럼 생겼다 해서 떡차[餅茶]라 부른다. 떡차의 모양은 우리가 잘 알고 있는 둥근 모양의 칠자병차七子餅茶, 벽돌 모양의 직사각 전차磚茶, 정사각 방차方茶, 대접을 엎어놓은 듯한 타차沱茶, 엽전 모양의 전차錢茶 등으로 구분하고, 운반과 세금 계산의 편리를 위해 떡 모양으로 만들어 유통하였다.

지금은 전 세계가 1일 생활권에 있고, 차를 구입하는 방법도 다양하고 빠르며 편리해졌다. 그동안 357g, 250g으로 만들던 병차의 포장은 더 작게, 휴대하기 좋고 마시기 편한 형태로 개발되고 있다.

모양에 따라

1) 산차

보이차 가운데 산차散茶는 보이차의 원료이자, 햇볕에 건조시킨 쇄청모차曬靑毛茶를 말하는데 완성된 차의 모양이 잎의 형태여서 산차, 발효가 일어나기 전의 상태여서 생차生茶라고 한다. 고수차를 무쇠솥에 살청하면 꽃향, 박하향, 각종 허브향이 나고, 일반 교목인 경우 과일향, 꽃향기가 머리를 맑게 해주고 입 안에 침이 고인다. 관목(대지차)의 경우 살청하면 풀 비린내가 조금 나고 이후 고유한 차향이 올라온다. 기회가 된다면 차를 만드는 과정을 실습하면서 찻잎이 숨 죽어가며 익어가는 향기를 직접 느껴도 좋겠다.

1970년대 이후 증청으로 살청하면서 모차의 발효가 빨라졌고 차성이

노반장 산차의 외형과 탕색

부드러워졌다. 야생차는 재배차에 비하여 쌉쌀함과 떫은맛이 덜하고 은은한 꽃향이 있어 고수차를 선호한다. 산차로 압병하면 청병이라 한다. 또한 100g, 150g, 250g 등으로 포장하거나 티백을 만든다. 대엽종의 차를 우렸을 때 수색은 대체로 진한 노란색을 띠며, 우린 후 엽저는 검정에 가깝다.

보이 생차는 오랜 시간 발효로 쓰고 떫은맛이 자연스레 없어지는데, 숙차는 빠른 시간에 미생물의 발효를 강제로 시켜서 부드러운 맛을 만드는 방법이다. 전통적인 숙차는 6개월이 소요되지만 40~60일 동안 10일에 한 번 뒤집어 주며 골고루 발효를 시킨다. 고온다습한 환경을 만들어 찻잎을 쌓아놓고 수분이 40%, 적정 온도를 유지하면서 발효를 시키는 것을 악퇴발효渥堆醱酵라 한다. 악퇴 후 찻잎을 건조하여 포장하거나 긴압을 한다.

1950년대 후반부터 생산한 숙차는 홍콩에서 소비가 늘었고, 1974년 곤명차창에서 처음 악퇴발효에 성공하여 대량생산이 가능하였다.

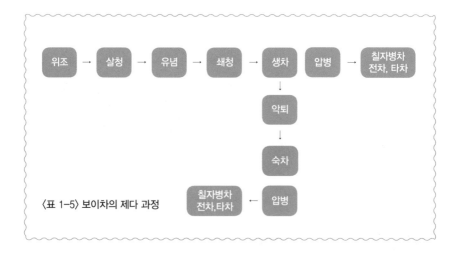

〈표 1-5〉 보이차의 제다 과정

2) 긴압차

쇄청모차를 뜨거운 수증기에 쬐게 되면 찻잎이 부드러워지고 부피가 줄어든다. 이를 천에 싸서 틀[石模]에 넣고 발로 밟아서 긴압緊壓을 하면 청병이 된다. 긴압하는 동안 습도가 올라가 수분이 10~12% 전후가 되고, 완성된 차는 자연스레 발효가 일어나고 시간에 따라 풍미가 달라진다. 찻잎을 기계로 긴압한 것[鐵餠]은 석모로 병배한 것보다 단단하고 부서진 것이 많으며 발효가 더디게 진행되지만 내포성이 좋다.

악퇴발효 후 긴압한 차는 숙병이 되는데 악퇴를 많이 하거나 햇볕에 건조하면 검은색을 띠게 된다. 차의 줄기는 악퇴 과정에서 당분으로 변하여 단맛이 풍부해진다. 차의 색은 어린 찻잎일수록 붉은 밤색, 찻잎이 굵을수록 진한 밤색을 띤다. 긴압된 차의 병면에 줄기가 보이면 다소 거칠어 보이나 잎으로만 압병하면 단조로운 맛이 난다. 잘 만들어진 숙차에서는 인삼과 대추향이 난다. 보이숙차는 가늘고 여린 잎으로 만들어 금호가 있는 궁정보이, 예차, 특급의 상급보이와 1, 3, 5등급의 중급, 7~10등급의 하급으로 나뉜다.

칠자병차는 둥글게 만든 병차 7편을 하나로 묶어 통桶이라 부르고, 1통짜리가 12개면 30kg인데, 이를 건件이라 부른다.

방전은 청나라때 복록수희福祿壽喜 등의 문자를 넣어 압병 후 신하의 하사품으로 사용하였다. 호남성에서 주로 만든 전차는 1793년 영국사절단 선물로 28개를 만든 후 티베트에 판매(변쇄차)하였다.

1902년 청나라 말기에 하관차창에서 타차를 처음 만들었는데 긴압도가 강해 차기茶氣가 센 차를 티베트에 수출하였다. 맹해차창은 병차, 곤명차

보이차의 제조 과정

창은 전차를 만들어 차창별로 주력상품이 있었으나 지금은 국영차창, 개인차창에서 전통적인 병차와 새로운 차들을 다양한 모양과 크기로 생산되고 있다.

보이병차는 대나무 죽순으로 포장하는데 발효가 잘 일어나고 습도가 조절된다. 포장 후 겉면에는 제다한 개인 차창의 이름(호급 보이차)을 표기하였다. 이후 정부에서 지정한 곳(국영차창)에서 유통하면서 '차' 자의 도장(인급 보이차)을 찍어서 유통하게 되었다. 시대가 바뀌어 차의 등급을 숫자(숫자급 보이차)로 표기하고 있다.

1) 호급 보이차
청나라부터 1960년대까지는 개인 공장에서 생산되었다. 복원창을 비롯하여 송빙호, 동경호, 동흥호, 경창호 등 생산자의 이름 뒤에 '호號'자를 붙여 포장, 판매한 것을 호급 보이차라 한다.

2) 인급 보이차
1950년에 국영차창이 생기면서 정부와 민간이 합병하여 보이차를 만들고, 포장지에 도장[印]을 찍어 인급 보이차의 시대가 되었다. 종이 포장지에 붉은색, 푸른색, 노란색의 도장을 찍어 홍인, 녹인, 황인이라 구분한다.

지금은 호급, 인급 보이차는 생산하지 않아 '골동 보이차'라 부르고 고가로 거래된다.

3) 숫자급 보이차

1973년 이후에는 칠자병차를 7542, 7532, 7572, 8582 등 숫자로 표기하여 유통하게 되는데 이를 '숫자급 보이차'라 한다. 대표적인 공장은 곤명차창(1), 맹해차창(2), 하관차창(3), 보이차창(4)이다. 앞의 두 숫자는 차가 처음 만들어진 연도, 세 번째 숫자는 병배비율, 네 번째 숫자는 생산한 공장(차창)번호를 의미한다.

예를 들면 7542는 73청병이라고 불리는데 1975년에 처음 4등급의 작은 찻잎으로 맹해차창에서 만든 보이차를 말한다. 쓰고 떫은맛, 감칠맛이 조

화롭고 바디감이 풍부하다. 오미가 뚜렷하고 마신 후 단 침이 고이는 여운이 있다. 건창차가 유행하면서 7542 브랜드 가치가 높아졌으며 85청병, 86청병의 이름이 생겨났다. 7572는 비교적 큰 7등급 찻잎을 조수발효한 차로 농익은 맛이 나는데 쓰고 떫은맛은 약하고 마셨을 때 부드럽고 편안한 느낌을 준다. 내포성이 좋아 여러 번 우릴 수 있고 풍부한 맛과 바디감

인급 보이차와 숫자급 보이차

이 좋다. 찻잎은 1~9 등급까지 단일 등급으로 압병하다가 단조로운 맛을 보완하기 위해 병배비율을 조절하게 되었다.

또한 숫자 보이차 외 차의 이름과 모양, 차의 양도 다양하게 생산되고 있다. 차 만드는 계절에 운남성에 가서 직접 차를 만들어 고유 브랜드명을 붙이기도 하고 357g의 떡차는 400g, 200g, 100g 등 중량과 압병도 다양하게 가공된다. 또한 기념일, 가족의례, 후원금 마련을 위해 기념병을 만들기도 한다. 다음의 기념병은 2011년과 2012년에 3000g으로 만든 기념병과 2018년 남북회담을 기념하여 2018g으로 만든 긴압차이다. 운남의 한 보이차 상점에서는 병배하는 찻잎의 종류, 상호, 형태 등 주문이 가능하다 하여 보이차 유통의 단면을 볼 수 있었다.

기념병의 종류

보이차 고르기

보이차를 쇄청모차로 만들면 청차, 악퇴를 하면 숙차가 되고, 압병을 하면 청병과 숙병이 된다. 보이차의 포장(외표, 대표)과 내피, 내표를 통해 산지와 제다 방법, 제다 시기를 살펴보고 메모한다. 마시다 보면 포장이 훼손되어 언제 만들어진 차인지 모르거나 기억이 안 날 수 있다.

1) 청차

보이차의 생산 지역과 차창, 차를 만든 시기, 차나무의 종류, 찻잎의 크기 등은 포장지를 보고 알 수 있다. 쇄청모차는 태양미가 있어 제다후 6개월까지 건차의 향기가 좋지 않다. 요즘은 온전한 쇄청보다 홍청으로 건조하여 청향이 있고 부드러운 맛이 있다. 차를 우린 후 찻물색은 광택이 있는 노란색인데 고삽미(쓰고 떫은 맛)가 적절한지, 단맛 정도, 회감과 회운이 어느 정도 있지 살펴야 한다. 쓴맛이 변해서 점성(생진)이 느껴지고, 떫은맛은 단 침이 생기고(회감), 고삽미와 기타 차 성분의 조화로운 맛(회운)은 한두 번 마셔서 알 수 없다. 또한 마신 후의 잎이 고동색을 띠는 선명한 녹색이라면 홍청모차 가능성이 있다. 병배 방식에 따라 달라지는 엽저의 색상, 탄성의 정도도 살펴야 한다. 다음 사진은 2019년 생산한 고6대차산의 보이차 외형과 엽저를 라오상하이에서 비교한 것이다. 차 산지에 따라 찻잎의 크기와 백호의 유무, 엽저는 온전한지, 탄력은 어떠한지 등 같은 해 만든 차여도 조금씩 차이가 났다.

고6대차산 보이차의 외형과 엽저

2) 숙차

숙차를 병배하면 표면이 검은 편이나 시간이 지날수록 밝은 색을 띤다. 숙차는 잡미가 없고 고삽미가 적고 단맛이 있으며 다탕색은 진한 붉은색이다.

양질의 숙차는 점성이 좋고 발효도에 따라 생진, 회감이 달라진다. 엽저가 딱딱하거나 검게 탄 것보다 탄력은 없으나 진흙처럼 물러지는 엽저가 많을수록 좋다. 요즘은 탕색이 엷고 단맛이 나는 노엽(황편)으로 숙차를 만들기도 한다.

다음의 사진은 대익의 보이차 V93(1501)과 8592, 7542(1301, 1801)를 비교한

것이다. 숙병과 청병의 탕색은 구별되나 제다 시기가 다른 숙병과 청병의 탕색 차이는 구분이 쉽지 않다. 그러나 탕색과 향미, 엽저까지 여러 번 비교하여 살펴보면 객관적인 평가가 가능해진다.

숙병과 청병 비교

3) 진년 보이차

보이차를 만들어 10년 이상이 지나면 '진년보이'라 한다. 시간이 지나면서 묵은 향이 있으며, 맛은 부드러워지고 복합적이라 비싼 값으로 유통된다. 먼저 차의 포장 상태 중 포장지의 질, 내비와 내표 등의 상태, 병면(차표면)의 상태를 살펴야 한다.

병배를 마친 보이차는 30도 전후의 안정적인 온도에서 보관하는 것이 좋다. 너무 높거나 낮은 습도에서는 발효가 잘 일어나지 않으므로 안정적인 습도를 유지하는 것이 좋다. 홍콩과 마카오, 중국의 광동지역의 평균 습도는 70~80%로 기후 변화가 적어 보이차의 보관에 좋다고 알려진 습창濕倉 지역이다. 바람이 서늘하고 햇빛이 없는 건조한 자연환경에서 천천히 익히는 것을 건창乾倉이라 한다. 1990년까지 숙차와 청차는 모두 입창을 했다. 우리나라 여름은 습창의 조건이 되지만 습창에 오래두면 변질될 수 있으며 건조한 상태로 있는 것도 찻잎에게는 좋지 않다. 건창의 찻잎은 수분이 마르면서 효소에 의한 발효만 진행되어 얇고 싱거운 맛이 난다. 쇄청모차로 압병하여 오랜 시간 익어가는 것을 후숙이라 하고 진향陳香을 기대할 수 있다.

다음은 1956년 홍인 건창과 1952년 홍사대 홍인 습창을 비교하였다. 건창의 외형은 연밤색 엽저가 더 있고 습창에 비해 밝은 편이나, 탕색이 어둡고 엽저는 습창에 비해 진밤색이다. 습창인 홍사대는 외형은 진밤색이지만 탕색은 연하고 엽저는 상대적으로 건창보다 진하여 검은색에 가깝다.

건창(좌)과 습창 비교

차 원료, 보관 상태에 따라 고삽미가 달라질 수 있으며 병배할 때의 찻잎 비율에 따라 차의 색이 균일하지 않으나 엽저는 탱탱한 느낌이 있고 탄성이 있는 것이 좋고, 검은색을 띠며 딱딱한 엽저 혹은 진흙처럼 뭉개지는 것은 좋지 않다. 차 표면이 딱딱하고 검은 엽저는 악퇴 과정에서 생기지만 30% 미만인 것이 좋다. 탕색은 진한 홍갈색을 띠는데 차가 식어도 향기가 나는 것이 좋다.

매년 차의 원료는 기후나 토양에 따라 차이가 있으나, 제대로 제다한 모든 차에는 월진월향이 일어난다. 진년 숙차도 백상이 생기면 마실 수 없으며 숙향이 나면 발효가 덜 된 것이며 잡향이 없어야 한다. 우렸을 때 대추향, 인삼향 등이 심하면 습을 받았다고 볼 수 있다. 진년 숙차의 단 맛은 점성이 높을수록 좋지만 생진, 회감, 회운을 느끼기 쉽지 않다.

좋은 보이차는 오래 되었다는 시간적인 개념으로만 판단할 수 없다. 특정 상표와 가공법 외 시간이 지나면서 느껴지는 깊은 맛은 단순한 향의 변화만을 말하는 것도 아니다. 오래된 차는 '노차'라고도 부르는데 다탕색은 맑은 다갈색이고 찻잎이 두텁고 튼실하며 줄기가 적은 것이 좋다. 맛이 진하고 담백하며 부드럽고, 뒷맛이 달고 잡냄새가 없어야 한다. 달고 쓰거나 떫은맛은 차의 종류와 숙성 정도에 따라 달라지므로 많이 마셔보는 것이 좋다.

3

보이차 즐기기

운남의 식당에서는 음식과 함께 보이차가 나온다. 고기나 튀김요리 등 기름진 요리에 보이차를 마시면 입 안이 개운하고 배를 따뜻하게 하여 탈이 나는 것을 막아준다.

보이차를 신선하게 마시려면 햇차(생차)를 마시고, 쓰고 떫은맛이 싫으면 숙차를 마시기를 권한다. 잘 발효된 노차老茶의 진한 향과 맛을 기대하려면 청병을 오래 두고 마신다. 그러나 처음에 마신 차에 따라 친해지는지 결정되므로 종류별로 차를 마셔보고 구입하는 것이 좋다. 온기를 잡아주는 적당한 그릇에, 온도를 잘 맞춰 차를 우리며 처음에는 연하게 마시면서 차의 맛을 느끼면 좋다.

보이차 찻그릇

차의 맛을 충분히 우리기 위해서는 차의 종류에 따라 어울리는 다기의 선택이 중요하다. 보이차를 우리는 데 필요한 다기는 자사호紫沙壺이다. 자사호는 가볍고 보온성이 있으며 예술성도 뛰어나 보이차를 마시는 사람들은 누구나 한두 개쯤 사용한다. 보이차의 맛을 그대로 보여주는 것은 개완배, 품명배 등의 자기이다.

송나라 궁정의 용봉단차龍鳳團茶 문화가 화려하고 사치스러워지자 이를 공납하는 농민들의 고통이 심해져 명나라 태조 주원장朱元璋(1328~1398)은 1391년 단차團茶 폐지령을 내리게 된다. 이후 잎차 형태의 산차散茶를 마시게 되었고 그에 어울리는 다기가 자사호이다.

자사호는 부드럽고 매끄럽고 철분 함량이 높은 사질토에 유약을 바르지 않고 고온에서 구워낸 찻그릇이다. 적갈색, 담황색, 자흑색으로 변하여 소박하고 예술성 있는 자사호는 색상에 따라 자니, 녹니, 홍니로 구분하고 모양에 따라 둥글거나, 각지거나, 높거나 낮거나에 따라 이름을 달리 부른다.

차 맛에 까다로운 차인들이 자사호를 선호하는 이유는 자사라는 흙에 있다. 자사는 석영, 적철광, 운모, 고령토 등의 광물질이 1,100~1,200도에서 구워지며 통기성과 보온성이 좋아지고 차가 숨 쉬며 차향을 오래 간직하도록 돕는다.

자사호를 선택할 때 니료의 종류와 형태, 공예미 등을 보고 구입하여 양호養壺 후 사용한다. 양호는 처음 산 자사호를 길들이는 것을 말하는데 한 번 삶아서 화기와 니료의 냄새를 없애고, 호 안에 두부를 넣고 끓여서 화기의 성질을 내린 후 사용한다.

잘 만들어진 자사호는 매우 부드럽고 이상적인 맛과 향이 난다. 또한 곰팡이가 피거나 시큼하지 않으며 사용할수록 광택이 나고 아름답다. 유약을 바르지 않아서 다양한 광물질의 분자활동으로 색깔이 선명해지고 오랫동안 사용해도 싫증나지 않는다. 차호를 오랫동안 사용하면 호가 찻물을 머금어 호의 표면에 광택이 생기고 차를 마신 세월의 흔적과 마시는 사람의 정취가 묻어나 또 다른 매력과 가치가 생긴다.

자사호는 우롱차와 보이차를 우릴 때 좋다. 산화도와 발효 정도에 따라 차의 향미가 다르기 때문에 자사호의 종류와 적절한 형태를 선택하여야 한다. 산화도가 비교적 약한 철관음이나 포종차는 향기를 보존하기 위해 소결도가 높은 주니나 홍니 중에 호의 입구가 작은 것이 좋다. 산화가 강한 대홍포나 철라한 등은 차 본연의 맛과 향을 위해 자니나 단니(원래 자니와 녹니가 섞여 있는 흙)가 좋고 찻잎이 크고 단단하게 말려 있지 않은 경우 호의 입구가 큰 것을 사용한다. 최근 만들어진 보이차는 풍부한 향기와 맛을 살

여러 가지 자사호

릴 수 있는 홍니를 사용하고, 진년 보이차는 보온성을 높이고 오랜 세월 동안의 묵은 향을 완화시킬 수 있는 둥근 형태의 자니나 단니를 선택하는 것이 좋다. 녹차는 낮고 뚜껑이 넓은 자사호, 향기가 강한 홍차·우롱차는 높고 뚜껑이 작은 것, 공부차는 수평호가 좋다.

자사호로 어떤 차를 마실지에 따라 주니, 홍니, 자니, 단니를 정하고 호의 형태를 고른다. 호의 손잡이는 편한지, 뚜껑과 몸체가 잘 맞는지, 절수는 잘 되는지, 기공은 적절하게 뚫려 있는지 꼼꼼히 살펴보고 구입한다.

월진월향의 맛이란

잘 발효된 노차는 입 안의 타액을 자극하여 진액이 생성되는데, 떫은맛이 매끄럽게 변하여 회감이 좋다고 한다. 차를 몇 번 우린 후 살펴보면 어떻게 만들어진 차인지 보인다. 생차의 엽저는 오랜 시간이 지나도 탄력이 있으며, 숙차는 줄기가 딱딱하고 나무토막 같다. 생차나 숙차의 줄기에 함유된 단백질이 발효되면서 당질로 바뀌어 단맛이 된다. 숙차는 찻물이 달고 생차는 마신 후 단 침이 풍부하게 고인다.

『고차수로 떠나는 여행』에서는 여름에는 생차, 겨울에는 숙차를 권한다. 이는 청나라 황제의 '여름에는 용정차를 겨울에는 보이차를 마신다'라는 기록처럼 보이차의 계절감을 알 수 있다. 오전에 생차를 마셔서 머리를 맑게 하고, 오후엔 숙차를 마셔 소화를 돕는다. 술을 마시면 숙차를 마시고 고기나 기름진 음식은 생차와 같이 먹으면 좋다.

여러 가지 보이차

운남성은 넓어 지역마다 다른 차의 특징이 있다. 하관차창의 철병은 쓰고 떫은맛이 거칠고, 마시고 난 후 입 안에 떫은맛이 오래 남는 반면 맹해차창은 보편적으로 쓰고 떫은맛이 있으나 거칠지 않고 입 안에 오랫동안 남지 않는다. 오랜 시간을 두고 마시는 차라면 당장 마시기에는 떫은맛이 강하더라도 성분이 풍부한 것이 좋다. 전차는 대부분 숙병으로 소화를 위해 식후가 좋다. 소타차, 공차, 보이차고는 간편하여 여행이나 가벼운 외출에 좋다.

『본초강목습유』(1765)에는 "보이차는 맛이 쓰고 성질이 강해서 느끼한 기름기와 양고기의 독을 제거해준다"라 하였고, 『보이차지』(1897)에는 "보이차가 천하가 알고 있는 것은 맛이 진하기 때문이다. 북경에서 이를 더욱 귀하게 여긴다"고 하였다. 서태후(1835~1908)의 시녀가 쓴 궁중생활 이야기 중에 서태후는 나이가 들어 겨울에 느끼한 음식을 먹을 때 보이차를 마시고 싶어 했다고 전한다.

아무리 보이차가 좋다고 해도 수색·향기·맛과 차의 성분 등 차가 몸에 미치는 효능 등을 이해하여야 오랫동안 즐길 수 있다. 특히 '보이차의 갈산Gallic Acid 성분은 나쁜 콜레스테롤(LDL 콜레스테롤) 수치를 낮춰 건강한 혈관을 유지한다'는 연구결과가 나와 많은 사람들이 관심을 갖게 되었다. 떫은맛을 내는 카테킨은 항산화 물질로 세포 노화와 염증 반응을 유발하는 활성산소의 작용을 억제해 항당뇨, 해독작용, 비만억제 등의 효과가 있다. 테아닌은 카페인의 흥분 작용을 억제하여 불면, 심장 두근거림 등의 증상과 스트레스 완화에도 도움을 준다.

보이차 우려보기

보이차는 외형부터 다른 차와 다르다. 맛 또한 일반적이지 않아 처음 보이차를 마실 때 어려워 하는 것을 보게 된다. 다른 차와 다르기 때문에 연하게 마셔보고, 그 해에 생산한 차부터 생차와 숙차, 산차와 병차, 발효 기간에 따라 마셔보면서 그 맛의 차이를 살펴보는 것이 좋다.

차를 우릴 때 작은 자사호에 처음부터 뜨거운 물로 우려야 하므로 주의가 필요하다. 처음에는 차를 마시지 않고 세다하고 버리고, 우려진 차 또한 뜨겁기 때문에 향기를 먼저 맡고 천천히 마신다.

보이차의 상표

보이차 즐기기

1) 보이차를 선택할 때 포장지의 상태를 살펴본다. 1편씩 포장된 병차 7개를 묶어

칠자병차라 한다. 칠자병차가 6개, 12개로 포장된 상자를 열면 대표(大票)가 1장

씩 있는데 생산자, 품명, 생산 시기, 브랜드 등이 적혀 있다. 보이차의 종이 포장

을 열면 차가 어떻게 어디서 만들어졌는지를 알려주는 직사각형의 내표(內票)와

정사각형의 내비(內飛)가 있다.

2) 차의 내표를 확인 후 차칼로 조심스럽게 해괴하여 마실 차를 준비한다.

3) 차를 자사호에 넣고 끓인 물을 붓는다. 이 물은 공도배에 따라서 잔을 데우고

버린다. 오랫동안 긴압이 된 차를 풀어주고 버리는 세다(洗茶) 과정이다. 차에

따라 1~2번 정도 세다한다.

4) 차는 뜨거운 물을 직접 호와 호의 외부에 부어서 뜨겁게 우린다.

5) 공도배에 따른 후 잔에 따르거나 잔에 직접 따라서 마신다.

6) 보이차는 내포성이 좋아서 여러 번 우릴 수 있다. 처음과 중간, 마지막까지 맛이

균일한지 탐색과 향을 감상하면서 마신다.

7) 차를 우리면서 호 안의 차가 익지 않도록 뚜껑을 비스듬히 열어둔다.

8) 마신 후 엽저를 손으로 만져보아 색상과 탄력 정도를 살펴본다.

4

흑차의 종류

중국의 운남성에서 생산하는 차는 보이차, 그 외 다른 지방에서 생산하는 차는 '흑차黑茶'라고 부른다. 흑차는 후발효차로 찻잎 자체 효소에 의한 산화차와 다르게 미생물에 의한 발효로 완성된다. 미생물 발효라는 점은 보이차와 흑차가 같다. 그러나 보이차는 쇄청으로 찻잎을 말린 후 병배하거나 수분을 공급하면서 긴 시간 동안 악퇴발효를 하는 반면, 대부분의 흑차는 유념 후 바로 악퇴발효를 한다. 이러한 과정을 거쳐 찻잎 속의 끈적끈적한 즙액이 발효를 촉진시키고 오랜 시간 보관해도 곰팡이가 생기지 않는다. 흑차는 호남성, 사천성, 강서성, 안휘성 등에서 생산하며 복전차, 천량차, 장차, 육보차, 육안차 등이 있다.

호남성 흑차

호남성 안화의 흑차는 큰 찻잎으로 차를 만들다가 2000년대에 이후 후발효차 시장이 커지면서 1창2기의 어린 차청으로 만든다. 채엽 후 일정 기간 탄청攤青으로 찻잎을 편편하게 펼쳐놓았다가 살청한 후 악퇴발효를 길게 하여 흑모차를 만든다. 산차 형태인 흑모차를 증기에 다시 찌고 벽돌모양으로 완성하는데 검은색, 흑갈색이 된다. 흑전黑磚, 화전花磚, 복전茯磚을 호남삼전三磚이라 부른다. 또한 흑모차를 광주리에 포장한 상첨湘尖은 천첨天尖·공첨貢尖·생첨生尖으로 분류되며, 세계 최대차라 부르는 천량차千兩茶와 백량차 등을 만든다. 차 맛은 순하고 소나무 연기의 그을음과 같은 독특한 향이 나고 탕색은 등황색, 갈홍색을 띤다. 주로 산악지대의 소수민족과 변경지방의 내몽고, 티베트, 위구르 등으로 수출한다. 2008년 안화의 천량차와 익양의 복전차는 국가급 비물질 문화유산으로 지정되었다.

사천성 장차

사천성 남로변차南路邊茶와 서로변차西路邊茶가 있으며 발효 과정에서 자연적으로 금화金花의 균 종류가 생성되는데 금화 알갱이가 클수록 품질이 좋은 흑차로 강전康磚과 금첨金尖이 있다. 차마고도를 따라서 사천성 아안에서 장족이 거주하는 티베트에 수출한 차로 서장西藏인들이 즐겨 마신다 하여 장차라 한다.

다양한 흑차들

✦✦✦ 광서성 육보차 ✦✦✦

광서성 오주 장족자치구에서 생산되는 육보차六堡茶는 중·소엽종 찻잎으로 만들고 남국의 나무꽃향이 난다. 육보차의 외형은 튼실하고 윤기가 흐르는 흑갈색이며 간혹 금화가 보인다. 독특한 빈랑향과 상쾌하고 시원한 맛이 있으며, 탕색은 매우 맑고 진한 붉은색이고, 엽저는 홍갈색이다. 좋은 육보차는 차의 색이 붉고[紅] 농밀하며[濃] 향이 진[陳]하고 맛이 변함[醇]없다. 주로 말레이시아를 비롯한 동남아시아에 수출, 더위를 식히고 열을 내리기 위해 즐겨 마신다.

✦✦✦ 안휘성 육안차 ✦✦✦

1보이, 2육안, 3육보라 하여 예전에는 육안차六安茶를 귀하게 여겼다. 육안차는 안휘성의 대표적인 육안과편으로 만든 흑차였으나 다른 지역에서도 생산한다. 곡우 전후의 어린 잎으로 만드는데 검은색 산차로 대나무 바구니에 담아 포장한다. 송연향보다 연하지만 독특한 향기가 있고 30년 이상 된 육안차는 약초향, 삼향이 나고 엽저는 갈색이다.

보이차와 육보차를 우리면 진한 붉은색이 나고 맛은 진하고 깊고 달다. 복전차와 강전차는 밝고 투명한 황금색으로 우러나고 담백하고 달다. 보이차의 진향은 종류가 다양하고 변화의 폭이 크고 호남차는 발화發花 법으로 만들어 금화의 향이 나고 금화의 유익균으로 복전차는 일본으로 많이 수출한다.

IV

암이 싫어하는 녹차를 마셔요

차는 카멜리아 시넨시스Camellia sinensis의 학명을 가진 동백나무과에 속하는 사철나무로 중국종sinensis과 아삼종assamica으로 나뉜다. 세계적으로 주로 홍차를 마시지만 중국과 한국, 일본은 여전히 녹차를 즐긴다는 공통점이 있다. 세 나라는 잎사귀가 작고 추위를 잘 견디는 관목 차나무로 녹차를 만든다. 히말라야와 가까운 인도 북동부에 자생하는 대엽종(아삼종)은 10미터 이상 자라는 교목으로 홍차를 만든다.

중국, 일본, 인도, 대만, 스리랑카 등에서 고급차를 생산하고 있으며, 전 세계 500여 종이 있다. 19세기 초부터 케냐, 르완다, 호주, 미국 등에서 차나무를 재배하고 있으며 영국도 2005년부터 차를 생산하고 있다.

세계의 많은 나라가 차를 재배하고 유명한 커피 전문점에서 티 블렌딩 음료의 판매가 커피보다 늘어나는 것은 단순히 맛이 좋고 간편해서가 아니다. 차가 환경오염과 일상 스트레스에서 오는 복잡한 신종 질환과 '암'을 이겨내고 마음을 편안하게 하는 효능을 마시면서 느꼈기 때문이다.

필자는 90년대 인사동에서 차를 배우면서 전통문화의 아름다움에 취해 있었다. 녹차의 슴슴하고 담백한 맛과 풋풋하고 부드러운 향기가 주는 청아함, 차를 우리며 마음이 단정해지는 청적의 시간이 소중했었다.

이 장에서는 한·중·일 세 국가의 녹차 문화와 다양한 음료의 블렌딩으로 활용되는 등 마셔야 하는 이유가 많은 녹차를 살펴보기로 한다.

1

차의 기원

차의 기원하면 단연 중국을 떠올린다. 고차수가 있는 운남의 서쌍판납 등 오랜 차의 역사가 있기 때문이다. BC 2737년 중국 고대 삼황오제 중의 신농씨가 차를 처음 발견하였다. 독초를 먹고 찻잎으로 해독한 기록을 차의 기원으로 본다. 삼국시대 『광아廣雅』에 차에 파와 생강을 넣어 음식으로 먹었고, 당나라 육우의 『다경』에 차에 소금을 넣어 죽을 쑤어 음료로 마셨던 것이 음용의 시작으로 본다. 송대宋代로 이어지면서 차는 생활 필수품이 되었다. 남송南宋시대 『몽양록夢粱錄』에는 '조기 개문칠건사 시미유염장초차早起 開門七件事 柴米油鹽醬醋茶'라는 내용이 있다. 아침에 일어나 대문을 열면 걱정하는 7가지가 땔감·쌀·기름·소금·간장·식초·차라는 말은 차가 하루를

여러 가지 차의 이름들

사는 데 필요한 품목이라는 것이다. 차는 약용으로 시작하여 오랜 역사를
거치면서 자연스럽게 식용으로, 그리고 일상 음료가 되었다.

고대 중국에서 차茶는 가檟, 설蔎, 명茗, 천荈, 도荼로 불렸고 불가에서는
향기로운 차를 알가闕伽라 했다. 중국에서 시작한 차는 한국과 일본 인도
로 전파되어 차茶, CHA, 다茶, DA, 차이CHAI로 불렸고, 광동과 복건에서 유럽
으로 알려지면서 타이TAY, 테THEE, 떼THE, 티TEA라 불렸다.

녹차가 되기까지

보성에 가면 녹차밭이라는 이정표가 있다. 차나무가 재배되는 밭, 다원
에서 녹차를 주로 생산하여 녹차나무가 있는 밭, 녹차밭이라 부른다. 찻잎
은 위조와 살청, 유념을 통해 폴리페놀이 산화효소와 작용하여 차의 엽록
소가 차황소(테아플라빈)와 차홍소(테아루비긴)로 변하면서 독특한 향기와 맛
이 만들어지는 작용을 산화Oxidation라 한다. 녹차는 산화 과정을 억제한
비산화차이고, 부분 산화가 된 것으로는 우롱차, 완전 산화된 것으로는 홍
차가 있다.

반면 황차는 민황 과정으로 약하게 발효Fermentation가 되고, 흑차는 악
퇴하면서, 보이차는 비산화차로 제다한 후 시간이 경과되면서 자연스레
발효가 일어나게 된다. 따라서 차를 크게 세 가지로 나눈다면 비산화차,
산화차, 발효차가 된다.

〈표 1-6〉 6대 다류의 제조과정 비교

차의 종류	제조과정								구분
녹차	(위조)	→	살청	→	유념	→	건조		비산화차
백차	위조	→	건조						
우롱차	위조	→	살청	→	포유	→	건조		산화차
홍차	위조	→	산화	→	유념	→	건조		
황차	살청	→	유념	→	민황	→	건조		발효차
흑차	위조	→	살청	→	유념	→	악퇴	→ 건조	
보이차	위조	→	살청	→	유념	→	건조	→ 압병	

　찻잎을 따서 살청·유념·건조의 과정을 거치면 녹차가 된다. 차나무에서 찻잎을 따면 즉시 시들기 시작하고 갈변되면서 마르는데 이것을 산화라 한다. 산화를 막으려고 뜨거운 솥이나 수증기를 쏘이는 과정을 살청이라 하는데 찻잎의 효소 작용을 억제시켜 찻잎이 녹색으로 변하고, 녹차 고유의 향이 만들어진다. 유념은 살청으로 부드러워진 찻잎의 세포벽에 상처를 내어 좋은 맛[滋味]을 내는 과정이다. 크게 4가지 방법으로 녹차를 만든다.

　은은하고 구수한 맛이 나는 초청녹차炒靑綠茶는 솥에서 찻잎을 덖어서 살청 후 유념하여 만든 한국과 중국의 녹차로, 찻잎은 온전하나 외형은 다르며 다탕색은 연노랑이다. 찻잎을 건조할 때 홍건기나 불에 쬐어 건조하는 홍청녹차烘靑綠茶는 초청녹차보다 수색이 연하다. 신선하고 맑은 탕색의 쇄청녹차曬靑綠茶는 햇볕에 건조한 녹차로 보이차의 원료가 된다. 초청,

녹차의 제다 과정

홍청보다 잎이 크고 제다 과정이 섬세하지 않다. 파래향이 나는 증청녹차
蒸靑綠茶는 증기로 찻잎을 쪄서 살청 후 건조한다. 찻잎이 부서져 있으며,
일본의 옥로, 번차 등 진한 청색의 외형에 다탕색은 진한 녹색이다.

🌿🌿🌿 녹차가 특별한 이유 🌿🌿🌿

1) 역사가 깊다

당나라 이전에도 차를 마신 기록이 있으나 차를 죽처럼 먹던 자다법煮茶
法의 시대를 음용의 시작으로 볼 수 있다. 이후 좀 더 여린 찻잎을 정교하
게 단차團茶로 만든 후 고운 가루를 만들어 거품을 내서 마시는 점다법點茶
法으로 발전한 때는 송나라 시대이다. 화려하고 사치스런 차생활은 평민

출신의 명태조 주원장의 단차 폐지령으로 잎차 중심의 포다법泡茶法 시대가 열린다. 말차 문화는 사라지고 다양한 잎차가 개발되는 계기가 되었다. 1950년대 이후 중국 정부는 개인의 차 제조를 금했다가 전통 기법으로 차를 제조[工夫茶]하고, 명차로 지정하기 시작하였다. 수려한 자연환경이 있는 차 산지를 세계유산으로 지정하고, 비물질유산으로 보호할 만큼 중국 정부가 관심을 가지며 고급차 생산에 주력하게 되었다.

　한국과 일본의 승려가 당나라에 유학하면서 마신 차를 양국에 알리게 되었다. 『삼국사기』에는 신라 흥덕왕의 명으로 당나라의 차씨를 지리산 남녘에 심은 기록이 있다. 이로써 왕실의 차생활과 의례에 차를 사용한 것을 알 수 있다. 송나라에서 유행한 차문화는 고려에 영향을 주게 되었고, 왕실과 사찰에서 다례가 행해졌으며, 『고려도경』에서는 중국 사신에게 차를 대접한 것을 볼 수 있다. 그리고 하동군 쌍계사·화엄사, 순천시 선암사, 보성군 대성사 등에 있는 오래된 차나무는 융성했던 차문화와 관계가 깊다. 단차 폐지령 이후 조선도 잎차를 마시게 되었고, 양란을 겪으면서 차문화의 쇠퇴기로 접어들지만 왕실과 사원의 차 의례는 더욱 중요하고 엄격하게 행해졌다. 일제강점기에 광주 무등산에 차밭이 조성되었고, 1970년대 보성과 제주도에 대규모 차를 재배하면서 차의 대중화가 가능해졌다.

　에이사이[榮西, 1141~1215]는 일본에 처음으로 선사禪寺를 세웠고, 1191년에 차 종자를 가져와 우치宇治에 심었다. 센리큐千利休는 소박한 절제의 아름다움, 불완전의 미를 다도문화로 발전시켜 지금의 일본 차문화가 되었다. 왕족과 승려가 차를 마셨고, 사무라이 계층으로 확산되었으며, 17세기에

헌공다례와 배례법 교육

일반인도 차생활을 하게 되었다.

　한국, 중국, 일본은 찻잎이 여린 것을 귀하게 여기며 차를 일상으로 즐기고, 정신적인 가치를 중요시하여 차 의례를 행하였는데 그 중심에 녹차가 있었다.

2) 차는 생활이었다

　중국의 차 산지는 크게 강남차구, 강북차구, 서남차구, 화남차구로 나뉘는데 거의 녹차를 생산한다. 녹차는 춘분에서 곡우 전후까지 봄차를 생산한다.

아침에 한 잔 차를 마시면 하루가 위풍당당해지고,

오후에 한 잔 차를 마시면 일하는 것이 가벼워지며,

저녁에 한 잔 차를 마시면 정신을 일깨워주고 고통을 없애주며,

하루에 세 잔을 마시면 벼락이 쳐도 움직이지 않는다.

위의 다가茶歌는 하루에 적어도 세 번은 차를 마셔야 일이 즐겁고 의지가 강해진다는 중국인들의 노래다. 고구려 무용총 벽화의 차를 대접하는 여인의 모습, 백제 무령왕릉의 동탁은잔은 왕비가 생전에 차를 즐겼던 것을 짐작할 수 있으며, 가락국 수로왕의 제사에 차를 올린 것 등으로 차문화를 알 수 있다. 또한 '항다반사恒茶飯事'는 밥 먹고 일 하고 차 마시는 일상이라는 말인데 선종禪宗에서 유래한 말로 '다선일미茶禪一味'의 차생활이 일상이었던 시대가 있었음을 말해준다.

3) 정신적인 효능을 중요시하였다

노동盧仝(?~835)의 '칠완다가七碗茶歌', 유정량劉貞亮(?~813)의 '차의 10덕', 이목李穆(1473~1498)의 『다부茶賦』에서는 차의 효능을 덕德이라고 하는데, 일반 음료가 아무리 좋아도 '덕'이라고 표현하지 않는다.

중국 당나라 육우陸羽(733~804)는 차는 성품이 차서 행실이 바르고 검박하며 덕이 있는 사람이 마시기에 적합하며, 차를 마시면 차의 성품을 닮아간다고 '정행검덕精行儉德'이라 하였다.

송나라 말차문화를 일본에 전하는 『끽다양생기喫茶養生記』(1211)에서 "차는 정신적, 의료적인 치료제로 사람의 인생을 풍성하고 완전하게 만든다"

고 하였고 센리큐千利休(1522~1591)의 '와비차'는 고요하고 차분한 가운데 느끼는 소박하고 여유로운 멋을 추구하는 일본 다도의 정신이 되었다. 무가武家를 중심으로 선다禪茶 문화가 형성되었고, 차생활의 기준인 화경청적和敬淸寂과 7칙七則의 교훈을 남겼다.

중국의 '정행검덕', 일본의 '화경청적'과 비교되는 한국의 차 정신은 '중정中正'이라 할 수 있다. 조선시대 초의선사草衣禪師(1786~1866)의 『동다송』에 "차가 정신이면 물은 몸이다. 정신과 육체가 조화를 이루고, 문무를 겸비하며, 때의 선후를 잘 판단하는 것"이라 하였는데, 찻잎을 따서 덖고, 찻물을 끓이며, 차를 우리는 모든 과정에 중정中正이 필요한데, 이는 지나치거나 부족하지 않은 조화로운 상태를 말한다.

〈표 1-7〉 차의 10덕과 5공6덕 비교

유정량의 차의 10덕	이목의 5공6덕	차의 성분
울적한 기분을 없애준다.	책을 볼 때 갈증을 없애준다.	폴리페놀(카테킨)
졸음을 깨게 한다.	울분을 풀어준다.	
생기가 나게 한다.	주객의 정을 화합하게 한다.	
병을 없앤다.	속을 편안하게 해준다.	카페인
예의가 있게 한다.	취한 술을 깨게 한다.	
공경심을 나타낸다.		L-데아닌
맛을 즐긴다.	병을 낫게 한다.	
몸을 닦는다.	기운을 맑게 한다.	비타민
마음을 아름답게 한다.	마음을 편안하게 한다.	
도를 행하게 한다.	신선과 같게 한다.	향기성분
	예의롭게 한다.	

당나라의 유정량은 차의 열가지 덕德을, 조선시대 이목은 차의 5공6덕五功六德을 말하였다. 위의 표를 보면 신체적인 효능은 3~4개, 나머지는 마음, 기운, 예의 등으로 정신적인 기능이다. 한·중·일 차문화의 공통점은 차를 마시면 마음이 편안해짐을 느끼고, 심성을 의례로 표현한 것이다. 현대인의 차생활에서는 차의 성분이 신체에 어떻게 작용하는지에 대해 관심을 갖는다.

2

내게 딱 맞는 녹차

녹차의 생산은 절기와 관련이 있다. 24절기는 중국 황하강 유역, 태양의 움직임에 따른 계절 변화를 봄·여름·가을·겨울에 6개씩 나눈 달력이다. 봄차를 만드는 시기는 춘분~소만까지가 중요한 절기이다. 이른 봄에 싹과 여린 잎을 따는데 일아일엽—芽—葉, 일창일기—槍—旗, 일눈삼선—嫩三鮮이라 말하고 귀하게 여긴다.

고소한 중국녹차

중국의 3대 녹차는 '용정차, 벽라춘, 황산모봉'으로 10대 중국 명차에 포함되어 있다. 중국을 대표하는 10대 명차는 색·향·미·형태 등에 따라 조금씩 달라진다. 1915년 파나마 만국박람회에서 지정한 10대 명차는 3대

녹차와 신양모첨, 도균모첨, 육안과편, 군산은침, 무이암차, 철관음, 기문 홍차로 녹차가 6개였다. 2017년에는 백호은침, 안화흑차, 운남 보이차와 대만의 동정우롱이 포함되었다. 중국은 차의 종주국으로 재배 면적이 가장 넓고 총생산의 70%를 차지하는 것이 녹차이고 이름난 차는 600여 개가 된다. 그 중에서 10대 명차에 올랐다는 것은 그만큼 뛰어난 차임을 의미한다.

완성된 차는 편형[片], 뾰족한 첨형[尖], 소라형[螺], 눈썹 모양[眉], 구슬 모양[珠] 등으로 만들어지는데, 이런 외형과 찻잎의 종류, 차 산지, 차의 제다시기 등을 붙여서 차 이름을 만든다. 10대 명차에 오른 녹차는 '서호용정차, 동정벽라춘, 황산모봉, 육안과편, 신양모첨, 태평후괴, 여산운무, 도균모첨, 몽산감로' 등이다.

1) 서호용정차

중국 녹차 중에서 가장 많이 알려져 있다. 중국 절강성 호주, 항주 서호 근처에서 생산된다. 청명 전후 일아일엽, 일아이엽으로 만드는데 명전용정을 귀하게 여긴다. 용정차는 2009년 지리표시보호가 인증되어 절강성

용정차의 포장과 제다 후의 찻잎

18개 시에서 만든 차에만 '용정차'라 표기할 수 있다.

차의 외형은 편평하고 곧고 매끄럽고 청록색의 칼날같이 생겼다. 다탕색은 옥빛이 도는 녹색으로 밝고 투명하다. 난향이 진하고 구수한 향이 예리하지만 은은하게 퍼진다. 맛은 신선하고 감미롭고 청량하며 쓰지 않다. 우린 찻잎은 가늘고 연하고 크기나 색이 일정하다. 싹과 여린 잎이 포개져 있고 가벼워 다른 차에 비하여 천천히 우러난다. 물의 온도는 80도 이하에서 하투법으로 우리며, 2~3회 우릴 수 있다.

2) 동정벽라춘

강소성 소주시 태호 동정산에서 생산되는 벽라춘은 차를 따는 시기가 가장 빠른데 춘분 전후에서 시작하여 곡우 전후에 마친다. 강희제(청나라 4대 황제, 1661~1722)는 "사람이 놀라 죽을만한 향을 지닌 차"라고 극찬하였다. 은빛을 띤 녹색의 잎이 백호에 싸여 소라처럼 말려 있으며, 이른 봄에 딴다고 하여 벽라춘이라 하였다.

벽라춘은 일눈삼선으로 만드는데 일눈은 싹과 잎이 가늘고 연한 것을 말하고, 삼선은 선명한 차색에 향은 신선하고 농후하며 맛은 산뜻하고 진한 것을 말한다. 다탕색은 벽록색이고 맑고 투명하지만 백호가 많아 찻물의 표면에 솜털이 뜬다. 꽃향과 과일향이 나는 신선하고 청량하면서도 진하고 감미롭고 부드러운 맛이 오래 남는다. 우린 찻잎은 가늘고 연하고 균일하다. 엽저의 모습은 싹과 잎이 매우 작으며 연녹색을 띤다.

가장 여린 차로 75도 정도의 물로 뜨겁지 않게 상투법으로 우린다. 온도가 높으면 색이 누렇게 된다.

3) 황산모봉

안휘성 황산의 차가 자라기 좋은 자연환경에서 황산모봉은 청명~곡우전후 봄에만 채엽한다. '하전차 하후초'라는 말이 있는데 "입하가 지난 차는 풀"이라 여겨 생산하지 않는다는 뜻으로 여린 찻잎만을 생산하는 것을 강조한 것이다. 작고 흰 싹이 찻잎 속에 잘 감싸진 모습으로 가늘고 뾰족하며 윤기가 균일하다. 다탕색은 연한 등황색

중국 녹차의 외형과 다탕색

이고 청아하고 순수한 향에 맛은 신선하고 달고 감미롭다. 엽저는 연황색을 띠고 송이처럼 보인다. 안휘성은 황차, 우롱차도 생산하는 지역으로 가장 먼저 찻잎을 따서 녹차를 만든다.

4) 육안과편

중국 안휘성 육안에서 생산되는 명차로 줄기와 싹이 없는 찻잎으로 제다하며 해바라기의 씨앗처럼 생겨서 편차片茶라 부른다. 녹색을 띠며 평평하고 곧게 뻗어있는 모습에 백상白霜이 보이는데 이는 강한 홍배과정에서 생긴 것이다. 향은 잘 구워진 군밤처럼 진하고 맛은 신선하고 달달한 맛이 입 안 전체에 머문다. 다탕색은 맑은 살구색으로 투명하며 엽저는 연황색으로 찻잎의 형태가 온전하다.

5) 신양모첨

하남성 신양에서 생산되는 녹차로, 청록색을 띠며 형태가 곧게 뻗어 있고 백호가 많은 것이 특징이다. 향기는 맑고 높으며 잘 익은 밤향이 나며 그 맛은 진하고, 감칠맛이 나고 단맛이 오래간다. 다탕색은 연녹색으로 다른 녹차에 비하여 진하고 엽저는 가늘고 여리다.

6) 태평후괴

태평은 안휘성 황산의 호수 인근에서 예전에는 원숭이를 시켜 찻잎을 채취하여 '후괴'라고 하였으나 지금은 후갱猴坑 일대의 차 중 으뜸이라는 의미로 부른다. 태평후괴는 찻잎의 양 끝이 뾰족하고 곧으며 길다. 어두운 녹색에 은백색 털이 숨어있는 모습은 마치 두 자루의 칼에 하나의 창처럼 보인다 하여 양도일창兩刀一槍이라 한다. 90도 이상의 뜨거운 물에 우리며 긴 찻잎을 감상하면 좋다. 상쾌한 꽃향기와 난향이 있으며 맛이 달고 바디감이 부드럽다.

7) 여산운무

강서성 구강시의 구름과 안개가 많은 여산에서 생산하는 녹차로 가늘고 둥글게 말려 있다. 우아한 난향과 고소한 향이 있고 부드럽다. 감칠맛은 용정보다 덜하고 약간 쓴맛이 느껴진다. 연노랑 차탕으로 유리 다관에 우리면 좋다.

8) 도균모첨

귀주성 두원시에서 생산하는 도균모첨은 귀주성의 3대 명차 중 하나이

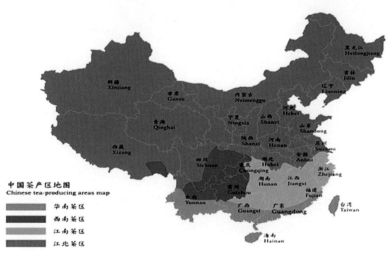

다. 구불구불한 권곡형으로 비취빛이 도는 녹색으로 전체적으로 균일하고 백호가 있다. 다탕색은 맑고 투명하며 녹색에 노란빛이 있고 맑고 높은 향과 신선하고 진한 단맛이 있다.

9) 몽정감로

몽정차는 사천성 아안에서 생산되는데 당나라 때부터 황실에 진상하던 차로 해발 1,400미터 고지에 '비와 안개가 거품처럼 덮여있다[雨霧蒙沫]' 하여 몽산차로 불렀다. 청명 전에 따는 작은 잎으로 백호가 있으며, 소라처럼 가볍게 말려 있다. 고소한 견과류 향과 달콤한 차 맛이 길게 느껴지며 뒤 끝에 새콤한 맛이 있어 침이 고이게 한다.

감칠맛의 한국녹차

우리나라의 녹차는 절기가 중국과 달라 곡우와 입하 사이에 차를 딴다. 요즘은 기후가 온난해져서 청명에도 차를 만들 수 있다. 주로 초청녹차를 만들고 반증제 반덖음 녹차를 만들기도 한다. 차 이름은 생산지, 생산자를 넣어 만들고 등급은 차를 따는 시기에 따라 달라진다. 차의 외형은 거의 가늘게 말려 있고, 엽저를 보면 손으로 만든 수제차인지, 기계 가공한 것 인지 알 수 있다. 대표 차 산지는 하동, 보성, 제주 등이며 차 산지의 기후, 제조 방식, 품종 등이 다르기 때문에 차의 맛과 수색도 다르다.

녹차를 가장 많이 생산하고 있으나 홍차나 황차, 허브와 약재 등을 활용한 블렌딩 티, 떡차 등도 생산하고 있다. 하동 야생차 센터와 보성에 한국 차 박물관이 있으며 매년 차문화 축제를 개최하고 있다. 보성은 '다향茶鄕' 이라 부르는 녹차의 대표 산지이다. 1951년 홍차 생산을 시작한 광주의 한 국제다, 1957년에 차 생산을 시작한 보성의 대한다업은 녹차, 가루녹차, 대용차 등을 생산하고 있으며 차 관광농원으로 유명하다. 또한 하동의 쌍계명차, 1979년 설립된 제주도의 아모레퍼시픽 등이 한국의 대표 차 제조 업체이다.

제주도 차 산지는 아모레퍼시픽에서 개발하여 설록차로 시판되다가 오설록으로 브랜드명이 변경되었다. 티 뮤지엄과 차 연구소, 티스톤이 제주에 있으며, 백화점, 면세점, 티 하우스, 티 카페 40여 곳에서 다양한 녹차, 블렌딩 음료, 티웨어 등을 만날 수 있다. 그 외 동서식품, 티젠 등 기업이 대중적인 차 산업을 이끌고 있다.

1) 우전

곡우 전[雨前]에 찻잎을 처음 따서 생산되는 첫물차를 말하고 제주도와 보성이 조금 이른 시기에 생산되고 지리산이 조금 늦게 싹이 나온다. 일창 일기의 싹과 잎으로 차를 만든다.

2) 세작

곡우와 입하 사이쯤 두물차를 만드는데, 일창이기의 싹이 좀 자라고 잎이 약간 펴진 것을 차[細雀]로 만든다.

3) 중작

입하 이후 제법 자란 찻잎으로 차를 만든다. 이때는 차를 손으로 유념하지 않고 기계를 쓰거나 증청후 덖음의 과정으로 녹차를 만든다.

4) 티백

고급차 생산을 마친 후 대작이나 티백 제품은 주로 기계로 채엽하고 제다한다. 녹차는 시기별로 생산되지만 유독 티백용 '현미녹차'가 많이 팔린다. 현미의 구수한 맛이 순수한 녹차의 맛을 가리는데 가격이 저렴하고 편하게 구입할 수 있기 때문이다. 그러나 시중의 현미녹차는 현미가 70% 정도 포함된 경우가 대부분으로 효능을 생각한다면

한국의 녹차

피하는 게 좋다. 요즘은 고급녹차를 티백으로 생산하여 간편하게 즐길 수 있다. 그러나 기왕이면 잎차를 사서 간편한 다기에 우리기를 권한다.

5) 기타

블렌딩 음료를 만드는 데 필요한 가루녹차는 보성에서 많이 생산하고 있으며, 제다업체나 회사에서 황차, 홍차, 허브차 등 다양한 제품과 브랜드 네이밍을 개발하고 있다. 특히 하동에서 발효차를 수출하고 있으며, 장흥군은 고구려 고분에서 발견된 청태전을 상품화하여 엽전 모양의 떡차를 맛볼 수 있게 되었다.

풋풋한 일본녹차

옥로와 말차는 고급차인데, 차광재배하여 증기로 살청하여 건조한 차로 떫은맛이 적고 감칠맛이 강하다. 차의 엽록소 함량이 많고 진한 녹색의 잎이 파쇄되어 균일하지 않다. 일본차는 중국보다 이른 1700년대 처음 유럽으로 수출되었다. 그러나 유럽인의 취향을 제대로 맞추지 못하여 이후 중국이 수출하게 되었다. 일본에서 생산되는 차는 옥로차玉露茶, 말차抹茶, 번차番茶, 호지차, 현미녹차 등이다.

1) 옥로와 말차

옥로차는 찻잎을 채엽하기 전 2주 정도 빛가림을 하여 길쭉한 모양이다. 말차는 옥로차보다 3주정도 더 차광을 하여 옥로차보다 엽록소가 많다. 차나무의 새순을 찌고 바람에 말리고, 줄기를 제거한 잎은 화강암의 맷돌로 천천히 갈아서 고운가루를 만든다. 말차를 차선으로 저어 거품이 나면서 달콤하고 우마미umami가 있는 차가 된다. 우마미는 인간이 혀로 감지할 수 있는 단맛, 신맛, 짠맛, 쓴맛 외 제 5의 미각으로 다시마의 감칠

중국과 일본의 차밭

맛과 같은 맛이다. 말차는 잎차보다 항산화물질이 2배이며, 비타민C가 풍부하고 단백질과 칼슘의 양도 풍부하여 채소를 마시는 것과 같다고 말한다.

2) 번차

번차는 첫 수확 후 늦은 시기의 큰 찻잎을 센 불에서 배전하여 '전차煎茶'라고 하며 일본차의 80%를 차지한다. 드물게 덖음차를 만든다. 3월 중순 1번차(춘차)를 생산하고 2번차(여름차), 3번차(가을차), 4번차(겨울차)를 만든 후 추동번차, 동춘번차도 생산한다. 그 중 교토의 우지차宇治茶는 약하게 증제하여 불에서 건조하여 찻잎의 풍미를 끌어내고 감칠맛과 떫은맛의 조화가 있다.

일본의 녹차

3) 호지차

호지를 번차로 부르기도 하는데 배전하면 고소하고 깔끔하며 떫은맛과 쓴맛이 거의 없어진다. 카페인, 폴리페놀 등 자극물질이 적고 맛이 시원하여 어린이에게 권할 수 있다. 요즘은 호지차(ほうじ茶 또는 焙じ茶)를 이용한 블렌딩 음료가 카페 메뉴로 출시되어 있다.

4) 겐마이차

일본의 서민적인 차로 혼합차의 일종인 이 차는 볶은 현미와 백미, 번차와 센차를 거의 동량으로 합한 것을 말한다. 이름은 현미차玄米茶이지만 향이 약하므로 거의 백미를 볶거나 튀겨서 넣는다. 고소하고 상큼한 것이 특징이며 뜨거운 물로 짧은 시간에 우린다.

3

녹차 즐기기

한국, 중국, 일본은 차를 정통으로 즐긴다는 공통점이 있다. 차에 다른 것을 넣지 않고 우려서 맛에 집중하고 다례, 다예, 다도 등 차의 심성을 예술로 표현하고 있다. 한국, 일본은 다관으로 차를 우리고, 중국은 개완, 차호를 이용한다. 요즘은 차를 우리기 편한 제품들이 출시되어 간편하게 즐긴다. 녹차가 떫은맛이 강하여 싫다는 사람도 있는데 온도와 우리는 시간을 조절하면 감칠맛 있는 녹차를 즐길 수 있다.

잎차 우려보기

혹자는 녹차는 플룻, 홍차는 첼로에 비유하고, 녹차는 봄날 아침, 홍차는 겨울밤 같은 차라고 말하기도 한다. 녹차는 산화를 억제하여 선명한 녹색의 잎에 풋풋함과 신선하고 섬세한 맛이 있다. 비타민C와 아미노산이 풍부하고 카페인도 안정적이다. 몸이 냉한 사람, 소화기계통의 환자는 홍차를 마시고, 열이 많은 사람, 장염 등에는 녹차가 좋다. 소화가 잘되고 다이어트에 좋은 녹차는 감기에 뜨겁게 마셔도 효과를 볼 수 있다.

1) 미지근하게

옥로, 우전, 벽라춘 등 가장 일찍 딴 차, 여린 잎으로 만든 녹차의 찻물 온도는 40~60도, 우리는 시간은 1~2분 정도로 한다. 물을 끓여 식혀서 미지근하게 우리게 되면 감칠맛 성분인 데아닌이 많고 카페인이 적다. 물이 뜨거우면 카테킨이 적게 우러난다. 또한 물을 많이 식혀서 상투법으로 우리면 고급차 특유의 향과 단맛을 즐길 수 있다.

2) 따뜻하게

세작, 용정차, 태평후괴, 육안과편, 1번차 등은 약간 따뜻한 60~70도의 물에 중투법으로 우리면 풋풋한 향, 감칠맛이 난다. 차가 우러나는 모습을 즐기기 위해 봉황삼점두로 세 번에 나눠서 물을 따른다. 일본의 한 제다업체는 10g으로 3인의 차를 우릴 때 옥로玉露와 고급 전차는 50~70도, 전차는 약간 고온인 80~90도에서 1분 우린다.

3) 뜨겁게

중국녹차, 호지차, 번차, 중작 등은 70~90도에서 우리고, 하투법으로 진하게 마시면 좋다. 물이 뜨거우면 침출이 빠르므로 2분을 넘기지 않는다. 이른 봄에 딴 우전이나 옥로 등은 고급차이지만 가격이 비싸서 데일리차로 마시기는 부담스럽다. 그러나 중작 정도는 가격도 좋고 암을 이기는 항산화물질 폴리페놀이 풍부하다.

티백은 1.2~2.5g 등 다양하고, 부서진 정도에 따라, 티백의 형태에 따라 우리는 시간이 달라지므로 30초~1분 내외로 우린다. 물의 온도는 80~95도 정도의 물을 먼저 붓고 상투법으로 우리거나 중투법으로 우릴 경우 티백에 찻물이 직접 닿지 않도록 한다.

녹차 즐기기

4) 차갑게

더운 여름날 시원하게 차를 마시려면 차가운 물에 우리는 냉침법이 있다. 빈 병을 세척 후 찬물 500ml에 잎차 2g이나 티백을 넣고 냉장고에서 4시간, 실온에서 1시간이면 냉녹차가 만들어진다. 우리는 시간은 길지만 차의 성분이 많이 우러나고 깔끔하며 순수한 차 맛을 볼 수 있고, 따뜻한 물로 우린 녹차보다 카페인이 적게 나온다.

냉침으로 즐기기

   송나라의 말차문화 중 차 겨루기鬪茶는 국가 경제까지 휘청거리게 되는 사치문화였다. 얼마나 심했으면 국법으로 차를 마시지 못하게 한 것일까? 이렇게 송나라에서 막을 내린 말차는 일본에서 격불하는 데 필요한 다완, 차선, 차시받침 등이 갖춰진 차생활로 발전하였고, 조선의 다완으로 꽃을 피웠다. 기자에몬 이도다완은 일본의 국보 26호이다. 이 다완은 조선 경상도 어느 해안 근처에서 만든 것으로, 조선의 도자문화가 일본에서 발전하게 되었고 말차를 마시지 않는 조선은 생활용기인 막사발이 되었다.

   말차는 연하게 또는 진하게 마시며 따라서 박다薄茶, 농다濃茶라 부르는데 일반적으로 박다를 즐긴다. 말차를 마시기 전에 다과를 먹는데 건과자(양갱)와 진과자(화과자)를 먹는다.

   말차를 즐기기 위한 차선은 차를 거품 내는 대나무로 만든 솔이다. 120본, 100본, 80본, 60본 중 선택하면 된다.

   2g 정도를 뜨거운 물(80~90℃) 120㎖를 부어 격불(거품)하여 마신다. 부드러운 포말이 소복히 일어나면 부드러운 거품 맛을 즐길 수 있으나 연습이

말차를 위한 다기

필요하다. 차의 미네랄성분을 다 취할 수 있는 장점이 있으나 카페인이 많다. 홍삼, 우유 등으로 격불하여 즐길 수 있고, 차가운 물, 두유에 말차를 흔들어서 마시기도 한다.

말차 즐기기

1) 말차를 마시기 전에 다과를 먹는다. 진한 차에는 진과자(화과자), 연한 차에는 건

   과자(양갱)를 먹는다.

2) 다완에 뜨거운 물을 2/3정도 부어 예온하고, 차선을 충분히 적셔서 씻고 부드러

   운 상태로 만든다.

3) 다완의 물을 버리고 차건으로 물기를 닦는다.

4) 차를 넣고 물을 15~20㎖ 부어 차와 물을 섞는다.

5) 80㎖의 물을 붓고 차선으로 격불한다. 진한 차는 60~80본의 차선으로 물을 적

   게 붓고 섞고, 연한 차는 100~120본의 차선을 사용한다.

6) 격불은 총 80회를 넘지 않도록 하고 거품이 큰 것은 작게 만들고, 차 봉우리를 만

   든다.

7) 두 손으로 다완을 감싸 쥐고 차를 즐긴다.

녹차의 효능

유럽에서 차를 가장 먼저 마신 나라는 네덜란드였다. 의사 니콜라스 딜
크스(1593~1674)는 『의학론』(1641)에서 다음과 같이 말하였다.

"무엇도 차와 비교할 수 없다. 차를 마신 사람은 모든 질병에서 벗어날 수 있으

며, 장수할 수 있다. 차는 활력을 불어넣어 주고 결석, 담석, 두통, 감기, 안질, 점막질환, 천식, 위장병도 앓지 않는다. 졸음을 막아주어 철야로 집필하거나 사색하고자 하는 사람에게 좋다."

웰빙, 힐링 시대를 추구하는 요즘 차는 색·향·미를 즐기기도 하지만 면역력의 증진, 질병 예방과 회복, 노화억제 등의 3차 기능에 더 많은 관심을 갖는다. 현재 미국인들 사이에 녹차가 인기가 있는 이유이다. 그 중 암을 예방하고 성인병에 좋고 미세먼지나 알레르기 등 환경성 질환에 도움이 되며, 수험생의 집중력 강화와 업무 스트레스를 줄이는 것에 많은 효과가 있다.

최근 미국의 암 생존자 마리아 유스펜스키Maria Uspenski는 암 예방에 가장 좋은 차는 녹차라고 하였다. 미국의 과학계는 임상실험으로 암 발병률 저하를 비롯한 심장 건강 증진, 대사작용 개선, 간 기능 향상은 차의 성분 중 폴리페놀과 아미노산, 카페인 등이 수십 가지 방식으로 도움을 주기 때문이라는 것을 밝혔다. TV의 '생로병사의 비밀'에도 소개된 항산화식품은 마늘, 토마토, 와인, 녹차, 브로콜리 등이다. 말차 4g에는 단백질 1g 정도가 들어 있어 슈퍼푸드중의 슈퍼푸드라 할 수 있다. 99.6%의 물에 0.3%의 차는 식품이지만 식물성 음료로 질병에 대항하는 성분이 많다는 것을 의미한다.

1) 폴리페놀(카테킨)
찻잎의 절반을 차지하는 폴리페놀은 맛·색·향기에 영향을 준다. 폴리페놀의 대부분을 차지하는 카테킨 중 쓴맛이 나는 유리형 카테킨EC, EGC

은 계절에 따라 변화가 없으나, 쓰고 떫은맛을 내는 에스테르형 카테킨 ECg, EGCg은 첫물차보다 두물차, 세물차에 월등히 많다.

차의 카테킨은 여러 물질과 쉽게 결합하는 성질이 있고, 암을 이기는 성분으로 알려졌다. WHO의 발표에 의하면 암 사망 원인의 35%가 음식물이고, 60~90%가 니트로소 화합물(불순물)에 의한다고 한다. 예를 들면 담배의 발암물질을 쥐에게 투여하면 폐암이 발생하는데 녹차 카테킨을 투여하면 암 발생률은 반감된다. 보통의 세포가 암세포로 변이되는 것을 막고 혈중 콜레스테롤의 양을 저하시켜 동맥경화와 심장질환을 예방한다. 특히 차에 가장 많이 있는 카테킨류의 EGCg는 콜레스테롤의 흡수를 강하게 억제하였다.

녹차의 항산화 기능은 활성산소 억제 및 노화방지에 좋다. 또한 면역력 강화에 도움이 되어 꾸준히 마시면 감기를 예방하고 살균작용이 있어 생선, 육류를 먹을 때 좋고 식중독 예방에도 도움이 된다. 이는 장내 세균을 억제하는 작용으로, 일본 학교 급식에서 물 대신 녹차를 마시게 하여 식중독이 적어졌다고 보고된 바 있다. 폴리페놀은 마신 후 1~2시간 뒤부터 24시간 지속력을 갖는데 6주 정도 마시게 되면 스트레스 호르몬인 코티졸이 감소하여 최대의 효과를 나타낸다. 폴리페놀은 보통 탄닌이라 불리는데 찻잎 중의 탄닌 성분은 극히 소량 들어 있으나 식욕을 촉진시키고 위 점막을 보호하며 장의 긴장을 풀어주는 효과가 있다. 또한 중금속 제거, 해독작용, 지혈작용, 소염작용, 구취작용 등을 한다.

2) 카페인

카페인은 냄새가 없고 뜨거운 물에 잘 녹으며 특유의 쓴맛이 있다. 찻잎 중의 카페인은 원두커피나 마테차에 비해 함량은 많지만 차로 우리면 60~70% 정도 우러나고 한 잔당 카페인의 섭취량은 커피의 절반도 안 된다. 찻잎 중에는 커피에 없는 카테킨과 데아닌 성분이 카페인의 흡수를 막아주며 부작용이 없다. 지방의 연소를 촉진시키는 작용이 있어 낮은 칼로리 음료로 블렌딩되고 있다.

백차와 녹차는 비산화차여서 카페인의 양이 적다. 카페인을 많이 섭취하게 되면 불안, 숨가쁨, 불면증, 두통, 부정맥, 구토, 떨림의 증세가 있다. 240ml 한 잔에 들어있는 카페인의 함량은 백차가 13ml, 녹차가 25ml, 말차가 60ml, 우롱차가 30ml, 홍차가 45ml, 보이차가 60ml, 커피가 120ml 정도이다. 에너지 드링크는 200ml인데 하루에 300ml 이상의 카페인을 섭취하면 부작용이 생길 수 있다. 그 외 이뇨, 강심, 각성 작용을 돕는다.

3) 아미노산(데아닌)

차를 마셨을 때 구수하고 감칠맛이 나는 것은 찻잎에 함유된 25종 이상의 아미노산이 맛에 영향을 주기 때문이다. 첫물차, 어린 잎, 어린 줄기에 있는 데아닌은 아마노산의 60%를 차지하며 우마미를 낸다. 아스파라긴산, 알라닌은 숙취 제거에 좋으며, 술과 함께 마시면 술이 취하지 않고, 음주 후 마시면 술이 빨리 깨는 직접적인 역할을 하고 카페인의 활성을 억제한다.

4) 비타민

찻잎 중 물에 녹는 수용성 비타민B · C · P과 물에 녹지 않는 지용성 비타민A · D · E · K이 있다. 비타민C의 함량은 다른 채소나 과일에 비해 많으며, 피로회복과 감기의 예방과 피부미용에 좋고 니코틴의 비타민 파괴를 줄이며 체내 축적을 예방하고 화학물질과 햇볕에 의한 피부 손상을 억제한다. 비타민P는 혈관벽을 강화시키고 혈압을 내려주는 역할을 한다.

비타민A는 피부 세포나 점막 세포를 건강하게 유지시키는 성분으로 부족하면 피부가 거칠어지고 윤기가 없어진다. 지용성 비타민은 물에 쉽게 우러나지 않으므로 말차로 마시면 좋다. 비타민E는 피부 노화를 억제하는 황산화제로 자연식품 중에는 녹차에 가장 많이 함유되어 있다. 차의 비타민은 환경 호르몬인 다이옥신의 흡수를 억제하고 배설을 촉진하는 효과와 과로나 스트레스로 피로해진 몸을 풀어주는 기능을 가지고 있다는 연구 결과가 발표되었다.

5) 색소

차에 들어 있는 주요 색소 성분은 엽록소(클로로필), 카로티노이드, 안토시아닌 화합물 등이다. 녹차는 열처리(살청)로 산화효소를 파괴시킴으로써 녹색을 띠고 엽록소는 차광에 의해 증가되어 옥로차玉露茶나 가루차에 많으며, 발효나 위조에서 감소되며 홍차 제조에는 엽록소가 분해되어 녹색이 거의 없다.

V

향기로운 백차와 황차를 마셔요

백차白茶, white tea는 인위적인 과정을 최소화 한 차로 찻잎의 표면에 은은한 은호銀毫가 가득하고 뾰족한 모양으로 말려 있으며 가볍다. 유념이나 살청, 발효과정 없이 건조하여 회백색의 차가 완성되는데, 차가 만들어지는 과정 중에 10% 내외로 산화가 된다.

6대 다류 중 카페인이 가장 적은 차로 다이어트와 명상에 좋으며 차분히 집중하면 은은한 풀내음, 장미향이 느껴진다. 백호가 많은 아주 여린 순으로 백호은침을, 좀 더 자란 잎으로 백모단, 수미, 공미를 만든다. 큰 잎으로 만들어 외형은 거칠어 보이지만 시간이 지나면서 부드럽고 청량감이 있으며 바디감이 가볍다. 햇차는 신선한 자연의 맛이 있고, 노차老茶는 약향이 녹아난 은은하고 편안한 차가 된다.

녹차를 만들다 실수하여 만든 차가 황차黃茶, yellow tea의 시작이었으나 '민황悶黃' 과정을 거치면 약발효가 일어나고 고유한 풍미가 생긴다. 민황은 살청·유념한 찻잎을 나무상자에 넣어 여러 시간을 '놔두는' 기술이 차

의 맛과 향, 색상에 영향을 미친다. 대표차는 군산은침, 몽정황아, 곽산황
아 등이다.

　연한 수색에 우아한 맛이 느껴지는 백차, 녹차와 비슷하지만 절대로 같
을 수 없는 자연에 가까운 황차의 은근한 매력을 찾아보자.

1

심플하지만 섬세한 맛의 시작

좋은 차를 만들기 위해서는 채엽하는 시기만큼이나 좋은 찻잎을 따는 것도 중요하다. 백차를 채다할 때는 아주 엄격한 10가지 원칙, 즉 십불채十不採가 있다. 비온 날이나 이슬이 마르지 않은 찻잎, 가늘고 여윈 싹, 자주색 싹, 바람에 상한 싹, 상처 있거나 벌레 먹은 싹, 차눈茶嫩이 벌어졌거나 비어있거나 병든 찻잎을 따지 않는다는 등의 원칙이다. 이후 심플하지만 섬세한 과정으로 만들어 미국에서는 약효로 마시고, 유럽인들은 몸매 관리를 위해 마신다. 최근 맑고 은은한 노백차를 즐기는 사람이 늘면서 떠오르는 차가 되었다.

당나라 때 우연히 백엽 차나무를 발견하였고 송나라 때부터 왕실에 공납하였다. 백아차는 대백차 품종으로 잔털이 많은 백호은침을 만든다. 채엽하는 방법이 까다롭고 여린 싹으로 만들기 때문에 귀하고 향이 우아하여 고급 홍차와 블렌딩하면 좋다.

채엽

　봄차는 청명淸明(4월 4~5일경) 전 백호가 많은 1아1엽一芽一葉의 연한 싹과 잎을 채엽하는데, 5월까지 따서 백호은침을 만든다. 여름차는 6월 초~7월 초에 백호가 적고 튼실함도 떨어지는 1아2엽, 1아3엽으로 백모단, 수미, 공미를 만든다. 가을차는 7월 하순~8월 하순에 봄차 이후 전지하여 새로 돋아난 순과 잎으로 차를 만든다.

위조

　백차는 우롱차나 홍차와는 달리 살청, 요청, 유념과 같은 인위적인 과정이 없는 것이 특징이다. 그래서 다른 차보다 날씨에 민감하며 전문가의 섬세한 손길이 필요하다. 어리고 부드러운 싹을 따서 백호가 빠지지 않게 평평한 채반에 널어 겹치지 않게 놓고 아주 약한 햇빛에서 위조를 하는데, 수분이 적어지고 부드러워지면서 차향이 난다. 찻잎의 효소가 자연적으로 활동하여 청아하고 순수한 향과 신선하고 청량한 맛을 내도록 하기 위하여 일광 위조와 실내 위조를 통해 90% 정도까지 건조시킨다. 위조하는 동안 찻잎은 가볍게 산화가 일어난다.

채엽 도구와 찻잎

건조

약한 불에 홍배하여 찻잎의 잔여 수분을 5% 이하로 건조한다. 쓴맛과 떫은맛을 감소시켜 차향을 높이고 순수하고 진한 맛을 갖게 하는 중요한 과정이다.

2

백차 이야기

백차는 북송의 『선화북원공다록』에 "선화 경자년(1119)에 전운사인 정가 간 공이 진상차를 만들었다"라고 하였고, 청나라(1796)때는 복건성을 중심 으로 은선수아銀線水芽, 삼색세아三色細芽라 불렀다. 명나라 전예형의 『자천 소품』에는 "햇볕에 쬐어 말린 차를 으뜸이라 하였고 찻잎과 싹이 천천히 퍼져 푸른 비취색이 선명하고 아름답다"고 하였다.

근대 백차의 역사는 200여 년 되는데, 복건성의 복정과 정화에서 수대 에 걸쳐 개량된 복정대백차福鼎大白茶와 정화대백차政和大白茶를 생산하고 있다. 또한 운남성 경곡대백차景谷大白茶와 월광백月光白을 생산한다.

백차의 산지

1) 복건성

'복정대백차'의 외형은 싹이 작고 튼실하며 촘촘하며 윤기가 돈다. 찻물은 살구색이고 향은 담백하고 맛은 신선하고 청량하다. '정화대백차'의 외형은 싹이 약간 가늘고 길며 백호의 윤기는 복정차보다 덜 하지만 맛이 순수하고 농후하다. 2007년 정화백차는 유난히 백호가 많고 크며 튼실하게 싹을 틔우는 차종으로 개량되었고 원산지 보호를 받기 시작했다.

2) 운남성

1840년 전후 운남성 란창강 주변에서 백차를 발견, 경곡의 해발 1,600미터 산에 옮겨 심게 되면서 '경곡대백차'가 생산되었다. 청명 전후 1아2엽, 1아3엽으로 제다하는데 외형이 아름답고 백호白毫가 있으며 올리브 열매의 맑은 향이 있다. '월광백'은 경곡대백차로 만든 신품종으로 최근 10여 년 전부터 상품화 하고 있다. 월광백의 찻잎은 앞면은 검정색 뒷면은 백색으로, 마치 달빛[月光]이 차싹을 비추는 것처럼 보여 이름이 붙여졌다. 탕색은 맑고 투명한 황색에서 홍색으로, 다시 황색으로 변한다. 짙은 꿀향이 입 안에 남아있으며, 온화하고 순후하며 신선한 맛이 있다.

3) 기타 지역

최근 백차를 즐기는 사람들이 늘어나면서 중국 외 다른 나라에서도 재배하고 있다. 인도의 다르질링, 히말라야의 백차는 중국의 백차가 주는 풍미와는 다른 맛이 있다.

백호은침

백차의 종류

1) 백호은침

백호은침은 예로부터 중국 10대 명차의 하나로 명성이 높은 고급차다. 차의 싹이 크고 튼실하며, 온몸에 흰털이 가득한 모양이 '은빛의 곧은 바늘과 같다' 하여 백호은침白毫銀針이라는 이름을 얻게 되었다.

청명 전에 통통하고 흰털이 보송보송한 싹을 딴다. 첫 싹芽茶, single bud 은 광택이 있고 향은 신선하며 향기롭고 개운한 맛이 난다. 다탕색은 연한 살구색으로 다른 차에 비하여 덜 우러난 것 같은 느낌이 있다. 차를 우리면 솜털이 물 위에 떠서 빛난다. 다음으로 성근 차는 모침毛針이라 하고,

이후 백모단, 수미를 채엽한다.

2) 백모단

백모단은 '신백차'라고 불리고 복정대백종, 정화대백종, 수선종으로 만든다. 청명 후 1아2엽의 흰싹을 싸고 있는 푸른 잎의 모양이 마치 목단화와 같아 백모단白牧丹이라 불렀다. 여린 싹과 여린 두 잎의 솜털이 흰색이라 삼백三白이라 한다. 백호의 향기가 있으며, 맛이 그윽하고 떫은맛이 적고 순하며 상쾌하다. 탕색은 잘 익은 살구색에서 투명감이 있는 황색이다.

3) 공미와 수미

싹보다 자란 잎, 1아2엽·3엽과 백호은침을 만든 후 남은 엽편으로 공미貢眉와 수미秀眉를 만든다. 일반적으로 녹색과 백호가 섞여있는 희록색을 띠고 균일하게 빛난다. 찻잎 표면은 상당히 발효가 진행한 것처럼 보이나 실제는 약발효가 이루어졌으며 향[毫香]과 찻잎 표면의 호가 가지고 있는 맛[毫味]이 명확하다. 성장한 큰 잎으로 차를 만들기 때문에 향이 신선하고 개운하며 부드러운 맛이 있다. 미용에 좋은 성분이 있어 여성들에게 인기 있는 차이며, 지금은 공미는 만들지 않고 있다.

4) 노백차

맛이 더 순수하고 농후하며 향이 더 진하고 약용의 기차가 높다. 백차는 '1년이면 차茶, 3년이 지나면 약藥, 5년이 지나면 보물[寶]과 같다'고 한다. 오래된 백차는 시간이 지나면서 맛과 향이 깊어지고 약용으로서의 가치가 높아진다. 햇차는 갈녹색을 띠고 백호가 살아 있으며, 신선하고 담백하며 청량하고 비취색이 도는 녹색이라면, 노백차는 은은한 한약재 향, 꿀향이 있으며 갈색, 황갈색이다. 맛이 순수하고 농후하여 여러 번 우릴 수 있으며 끓여서 마시기도 한다.

여러 가지 백차들

3

민황으로 독특한 풍미가 있는 황차

황차는 덖고 유념하여 바로 건조하지 않아 생기는 특유의 향과 맛이 있다. 살청과 유념 후 녹차는 찻잎을 펴서 효소의 활동을 막지만 황차는 종이, 베 보자기 등으로 찻잎을 싸서 민황 과정을 한다. 황차는 찻잎을 덖는 횟수, 유념의 여부, 민황의 시간, 건조하는 횟수 등에 따라 독특한 맛이 난다. 이러한 과정으로 제다하는 데 3~4일 정도 소요된다.

⚜️ 황차 이야기 ⚜️

황차의 대표 산지는 호남성, 안휘성, 사천성 등이며 그 지역을 대표하는 차가 있고 이야기가 있다. 3대 황차인 군산은침君山銀針·곽산황아霍山黃芽·몽정황아蒙頂黃芽와 북항모첨北沆毛尖 등이 있다.

1) 군산은침

군산은침은 중국 10대 명차 중 하나로 당대에 많이 생산되었고 5대10국 시대에 황실에 진상되었으며 송대에는 색·향·미·형태가 아름다워서 '사미四美'라 칭송하였다. 잎 안쪽은 황색, 바깥쪽은 백호가 완전하고 선명하게 덮여있어 '금양옥金鑲玉'이라는 미칭도 있다.

호남성 악양현의 동정호, 군산도 주변에서 청명 3일 전후부터 싹이 튼실하고 곧으며 크기와 길이도 균일한 것을 채엽한다.

군산은침(좌)과 곽산황아

완성된 차의 외형은 황금색 계통의 도톰한 은색털이 있다. 탕색은 투명한 살구색, 향기가 맑고 상쾌하며, 맛은 달고 순하며 부드럽고, 엽저는 황색으로 균일하다.

2) 곽산황아

안휘성의 곽산은 당대에서 청대까지 공차 지역이었으나 오랫동안 생산하지 않다가 1971년 다시 만들기 시작하여 1990년에 명차의 반열에 올랐다. 곡우 3~5일 전에 채엽하여 1아1엽, 1아2엽을 따서 작고 광택이 나는 잎으로 만든다. 탄방攤放(민황) 후 홍배하여 연기로 다시 찌고 건조한다. 장미향의 제라니올geraniol과 익은 밤 향기가 나고 맛이 달다. 탕색은 진한 황색이다.

3) 몽정황아

중국의 사천성 몽산의 정상에서 생산되어 몽정황아라고 한다. 당대에는 몽정차를 황차黃茶 중에 가장 뛰어나다고 하였다. 공차貢茶로 만드는 차는 관원과 승려가 제사를 지낸 후 채엽하였다고 한다. 단순한 과정이지만 세심한 포황包黃(민황)으로 차의 외형은 바늘 모양의 백호가 있는 벽록색이다. 그윽한 향기가 오랫동안 지속되는데 그 맛은 달고 신선하며 우린 잎은 연한 연두색이다.

4) 북항모첨

호남성 악양의 북항모첨은 청명 후 5~6일에 채엽하는데 솥에서 살청과 유념하며 민황 시간이 가장 짧다. 민황 후 차는 녹색에서 연한 황색으로 변하고 윤기가 나며 건조가 80% 진행되면 잔털이 일어난다. 차는 맑고 깨끗하고 청향이 있으며, 깔끔하고 두터운 맛이 오래간다.

5) 황소차

여린 찻잎을 가공하여 완성하며, 호남성 북항모첨, 위산백모첨, 호북성 원안녹원, 안휘성의 환서황소차, 절강성 온주, 평양 일대의 평양황탕이 있다.

6) 황대차

1아3엽에서 1아5엽의 줄기가 세고 잎이 두툼하다. 잎은 가늘고 길며, 줄기와 잎이 서로 잇닿아 있는 것이 마치 낚시 바늘 같다. 줄기와 잎은 황금색을 띤 갈색을 선명하게 드러내며, 색은 광택이 나며 기름처럼 윤기가 있고, 잎의 밑부분은 황색 중에 갈색을 분명하게 나타낸다. 탕색은 진한 황금색의 갈색을 띠며, 맛이 농후하고 순하다. 매우 부드러운 그을은 향이 난다. 황대차는 품질에 따라 3급 6등급으로 나눈다. 황대차의 큰 가지와 큰 잎의 외형은 중국의 많은 차 종류 중에서 흔히 볼 수 없으며, 이미 소비자들은 황대차의 품질이 좋고 나쁨을 판정하고 있다. 안휘성의 환서황대차, 안휘금채, 곽산, 육안, 악서, 호북성 영산의 황대차와 광동성 소관, 조경, 잠강 등지의 광동대엽청 등이 있다.

황차에만 있는 민황

황차는 채엽 시기에 따라 황아차, 황소차, 황대차로 나눈다. 황아차는 가늘고 여린 하나의 싹인 단아單芽로 만드는데 군산은침은 청명 전에, 곽산황아는 곡우 3~5일 전에, 몽정황아는 춘분 경에 채엽하여 차를 만들기 때문에 생산량이 매우 적다. 청명 후의 황소차는 가늘고 여린 새싹과 잎으로 제다하고 황대차는 곡우쯤에 채다를 시작한다. 황차는 살청 후 바로 민황을 하거나 유념 후 민황을 한다. 민황은 황엽황탕黃葉黃湯의 품질을 결정하는 과정이다. 군산은침과 몽정황아는 유념하지 않으며 곽산황아는 살청 후 솥에서 낮은 온도로 유념한다.

〈표 1-8〉 황차의 종류

차 이름	분류	차 산지	채다 시기
군산은침	황아차	호남성	청명전 일아일엽
곽산황아	황아차	안휘성	청명전 일아일엽
몽정황아	황아차	사천성	청명전 일아일엽
북항모첨	황소차	호남성	청명 후 일아일엽에서 일아이엽
위산모첨	황소차	호남성	청명 후 일아일엽에서 일아이엽
녹원모첨	황소차	호북성	청명 후 일아일엽에서 일아이엽
온주황탕	황소차	절강성	청명 후 일아일엽에서 일아이엽
곽산황대차	황대차	안휘성	곡우 일아일엽에서 일아오엽
광동대엽청	황대차	광동성	곡우 일아일엽에서 일아오엽

　민황悶黃은 차가 등황색이 될 때까지 약하지만 특별한 발효를 하는 과정을 말한다. 유념 후 찻잎을 쌓아두면 뜨거운 증기와 열 때문에 녹색의 엽록소가 파괴되면서 황색을 띠게 되는데 쌓아두는 과정에서 수분이 발생한다. 이것을 폴리페놀의 습열작용이라 하는데 살청 효소작용을 억제하여 미생물의 활동이 차의 성분 변화를 일으켜 황차 특유의 향과 맛이 만들어진다. 몽정황아는 1~2일, 군산은침·곽산황아는 2~3일, 북항모첨은 3~4일, 황대차는 5~7일이 지나야 차가 완성된다.

채엽　▶　살청　▶　유념　▶　민황　▶　건조

　건조 방법도 다양한데 솥에서 낮은 온도로 60%를 건조하거나 홍청으로 건조를 한다. 연두색 찻잎이 약발효 과정을 마치면 노란색의 건차가 되고 달콤하고 상큼한 맛이 감돈다.

4

백차와 황차 즐기기

녹차처럼 비산화차는 제다과정에서 약간의 산화가 일어나고 시간이 지남에 따라, 공기와의 접촉으로 맛과 향이 달라지며 풍미가 생겨난다. 물갈이를 하거나 배탈, 설사 등이 있을 때 오래된 백차를 진하게 마시면 좋다.

백차의 효능

중국 의학서에서 백차는 열을 내리고, 염증을 가라앉히는 효과가 탁월하며, 눈을 맑게 하고, 붓기를 빼주며, 위를 편하게 하고, 설사를 멎게 하며, 혈압을 낮춘다고 하여 예로부터 약용으로 즐겼다. 중국 무협지에서도 독약이나 독침에 중독된 사람을 치료하는 신비의 풀로 백차가 나온다. 백차는 해독성이 있고 치통에 효과적이며 더위를 식혀주는 효능이 있다. 백호은침은 독특한 맛과 약효로도 유명하지만 눈으로 즐기는 재미가 있는

고급차이다.

백차는 녹차의 담백하고 신선한 맛 위에 백차 고유의 달달하고 향기로운 꽃향을 더하고 있는데, 아미노산이 풍부해서 감칠맛이 아주 좋다.

황차의 효능

황차만의 특징인 민황 과정에서 황색의 잎으로 변하고 황색의 탕색이 있어 황엽황탕이라 한다. 황차의 효능은 지방 분해, 이뇨작용을 돕고 통풍을 예방하며, 열을 내리고 신진대사를 조절한다. 알콜성 간 손상이 호전되고, 방사능으로부터 세포를 보호해주는 기능이 있다. 또한 민황에서 유익균이 생기는 것을 알게 되면서 약으로 사용되었다.

황차의 경우 가늘고 여린 싹이 곧게 떠오르고 가라앉기를 반복하여 잔에서 춤을 추는 듯한 삼기삼락三起三落의 차무茶舞를 감상하기 위해 유리잔에 우리는 것이 좋다. 70도에서 우리는데 온도가 높으면 황차에 함유된 비타민 등이 파괴되고 맛도 쓰고 떫어진다.

✤✤✤✤ 백차와 황차 우리기 ✤✤✤✤

좋은 차를 구해야 좋은 차 맛을 기대할 수 있다. 좋은 찻잎은 백호가 튼실하고 많아야 한다. 호는 은백색 광택이 있고 잎은 진한 녹색, 비취빛이 도는 녹색, 살짝 검은 빛이 있는 백호은침을 볼 수 있다. 각각의 미세한 맛과 내포성의 차이가 있다.

백호은침의 다탕색은 맑고 투명하고 옅은 살구색이다. 향이 청아하고 순수하며 맛도 신선하고 청량하다. 다른 차들은 확실한 향과 맛이 지배적인데 백차는 훨씬 섬세하고 입 안에 오래 머문다. 우리고 난 엽저는 얼핏 하나의 싹으로 보이나 그 안을 펼치면 어린 싹을 감싸는 여린 싹 3~4개가 숨어 있다.

수미의 다탕색은 농후하고 달콤하며 투명한 살구색이다. 엽저는 잎이 도톰하고 연하며 호가 많고 싹이 튼실하며 잎색이 선명하다. 맛이 쓰거나 탕색이 어둡고 탁한 붉은 색은 제다과정에 문제가 있는 차이다. 부서져 있거나 색이 어둡고 고르지 못하거나 찻잎 가장자리가 붉은 느낌이 있으면 마시지 않는다.

1) 1:3 중투법

차를 우리는 그릇은 차호, 다관, 티팟, 개완배, 유리잔 등이다. 차를 먼저 넣을 것인지, 물을 먼저 부을 것인지를 나누는 것이 투다법이다. 투다법은 장원의 『다록』에 나오는데 차를 넣는 순서를 상투, 중투, 하투로 나누었으며, 적절한 차 맛을 내는 데 필요한 과정으로 계절에 따라 다르게 하였다. 백호은침은 유리 다기를 이용하면 우러나는 것을 감상하며 마실 수 있다. 백호가 무성한 싹이 여러 겹 감싸고 있어서 부피에 비해 가볍다. 준비한 물을 두 번 나누어 붓는데 중간에 차를 넣는 것을 중투법中投法이라 한다.

---

1. 유리잔이나 도자기 다관, 3g의 백호은침(복정백차, 운남대백아)을 준비한다.

2. 뜨거운 물로 유리잔을 데운 후 물을 80~85도로 식혀서 1/3 점도를 붓는다. 차를 넣고 가볍게 흔들어 적신 후 향기[嗅香]를 맡는다.

3. 2/3 점도 물을 붓고 차무가 일어나기를 기다린다. 처음에는 부력으로 인해 싹이 수면 위로 떠오른다. 시간이 더 지나면 여러 겹의 싹이 겉에서 안으로 깊숙하게 물에 젖으면서 찻잎이 위아래로 오르내린다. 세 번 일어났다 가라앉는 모습이 곱고, 가라앉은 모양은 죽순이 흙을 뚫고 올라오는 것처럼 보인다.

4. 컵의 바닥에 찻잎이 가라앉은 후 마신다.

차와 물을 붓고 1~2분쯤 지나면 물을 머금은 싹이 하나씩 아래로 가라앉는다. 줄기 부분은 무겁고 여러 겹의 싹은 아직 공기를 머금고 있는 상태

라서 가라앉은 싹이 밑에서 수직으로 일어서는 모습인 차무(茶舞)를 눈으로 감상한다.

차의 탕색은 무색에 가까운 옅은 황녹색, 살구빛으로 아주 맑고 깨끗하다. 거름망을 사용하지 않으면 싹의 겉표면에 있는 흰털(백호)이 빠져나와 탕색이 뿌옇게 보인다.

백차는 쉽게 우러나오지 않고 다탕색도 진하지 않아 별 맛이 없는 것처럼 생각할

복정 백차와 운남의 대백아 차무

수 있다. 좀더 여유를 가지고 차를 우려야 하며, 색상이 진해질수록 맛도 진하다. 그러나 오랜 시간 우려도 쓰거나 떫지 않다.

2) 콜드브루

백차를 차가운 물에 우리면(냉침) 카페인 함량이 매우 낮아진다. 다른 차에 비하여 카페인이 적은 차를 차게 우리면 더위를 가져주고 갈증을 내려준다. 많이 마시면 몸이 냉해질 수 있으니 조심한다.

5

차의 보관과 활용

차의 선택

좋은 차를 고르는 것은 예나 지금이나 중요한 일이다. 『다경』에서 말하는 '구결口訣'은 오랫동안 차를 마신 경험으로 생긴 노하우로 글로 전하는 것보다 앞선다.

1) 차의 구입

자신의 취향에 맞는 차의 선택에 있어 다양한 차를 마셔본 경험은 좋은 차를 선택하는 기준이 된다. 차는 대부분 밀봉포장으로 찻잎의 상태를 확인하기 어려울 수 있어 꼭 시음한 뒤 구입하길 권한다. 또한 유통기간을 확인하여 신선한 차를 구입하는 것이 좋다.

2) 차 마시는 때

차를 처음 마시거나 카페인에 민감한 사람은 구수한 맛이 강한 녹차 또는 녹차를 강하게 열처리하여 카페인을 감소시킨 차가 적당하다. 직장과 학교에서 피로 회복과 집중을 위한 차에는 녹차가 좋다. 몸이 매우 피곤하거나 다이어트, 고혈압, 당뇨, 비만 등 성인병 질환이 있다면 말차가 효과적이다. 식사 후 나른한 몸을 깨울 때는 우롱차가 좋고, 기름진 음식으로 속이 더부룩할 때는 보이차가, 늦은 오후 간단한 다과와 여유를 누릴 때는 홍차가 좋다.

아침에는 자극이 적은 차를 마시며, 명상을 위해 백차가 좋다. 오후에는 위에 부담이 없는 차를, 저녁에는 숙면에 방해가 되지 않도록 카페인이 적은 차를 권한다.

3) 차의 보관

차의 맛과 향기를 오랫동안 즐기려면 수분 함량이 3~5% 되도록 보관하는 것이 좋다. 수분, 냄새, 직사광선 등에 노출되면 쉽게 변질되며 맛과 향기가 떨어진다. 차가 변한 것은 차색의 변화와 차를 우렸을 때 찻물(수색)의 변화, 향기·맛의 변화와 영양 성분의 변질을 말한다. 이들 변화는 공기 중의 산소와 차가 만나 산화된 결과로, 저장 온도와 수분 함량이 크게 작용하며, 산소 함유량, 광선, 연기, 바람과 저장 기간 등도 영향을 미친다.

차의 저장 온도는 낮을수록 변화가 적고

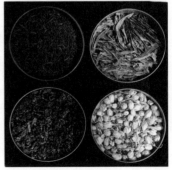

차의 보관

온도가 높을수록 차의 변화가 심하다. 차의 변화가 적은 적정 온도는 0~5도의 저온이 고르게 유지될 때이며, 비산화차보다 산화차가 변화가 적다. 차의 수분 함량은 3% 이하인 경우에 변질이 적다. 차를 우렸을 때 찻물의 빛깔이 개봉했을 때와 다르다면 산화에 의한 갈변으로 볼 수 있다. 차를 보관할 때 저장 온도보다 수분 함량이 많은 것일수록 변질이 빠르다. 산소를 흡수하는 탈산소제를 넣어 차와 함께 밀봉하여 산화를 방지한다.

4) 차의 포장

차를 포장할 때 투명이나 반투명 용기에 차를 저장하면 퇴색현상이 급격히 일어난다. 그러므로 알루미늄이나 불투명한 비닐에 진공포장이나 질소포장을 하면 변화를 적게 할 수 있다. 그러나 가장 좋은 방법은 차를 개봉하면 빨리 마시는 것이다. 고온다습한 여름철에 차를 개봉하면 차가 빨리 변질되므로, 대개 5~6회 정도 마실 차의 양으로 나눠 밀봉을 해 두고 마시면 좋다. 가급적이면 흐린 날에는 차통을 열어놓지 말아야 한다.

차의 포장은 알루미늄, 호일, PE필름 등으로 밀봉하여 저온에 둔다. 오랫동안 두고 마실 차라면 주석차통, 차 전용 냉장고가 효과적이다. 일반

냉장고의 경우 습기가 많으면 얼거나 서리가 생겨 차의 변질을 촉진하게 된다. 차 냉장고에서 꺼냈을 경우 실온에 두어 온도 차이가 적을 때 개봉하는 것이 좋다.

차의 포장

5) 유효 기간

일반적으로 차의 유통기간은 2년, 말차는 6개월이다. 차의 저장 상태나 외부 환경에 따라 다소 차이가 있기는 하나 1년 이상이 되면 차의 색향미가 변질된다. 저장 기간이 길면 차의 변질이 빠르다. 흑차는 제다하여 당해 신선한 것을 즐기는 사람도 있고 오랫동안 보관하여 월진월향을 느끼는 경우도 있다. 보이차의 숙병은 10년, 청병은 30년을 기준하고 있고, 백차는 10년이 넘으면 노백차로 약성이 있다고 한다. 오래된 차를 선호하는 기호때문에 유통 기간을 정하기 어려운 것이 노차老茶의 매력이기도 하다.

차의 활용

차는 5천 년 동안 약용으로, 식용으로 음용으로, 널리 이용되어 왔다. 차라고 하면 마시는 것뿐만 아니라 약품, 식품, 생활용품, 공업용품 등으로 다양하게 이용되고 있다. 우리나라의 차 요리에 대한 기록으로는『산림경제』(1715)에 차 죽을 먹은 기록,『조선왕조실록』에 장수를 기원하는 의미에서 차국수를 임금님께 올린 기록 등이 있다. 사신이 왔을 때 차를 대접한 것도 단순한 음료의 차원을 넘어선다.『본초강목』(1596)에 "차의 종자는 처음에는 맛이 달고 뒷맛이 쓰며, 복건성 사람들은 식용유로 이용한다. 이용하고 남은 찌꺼기는 옷을 세탁하거나 머리를 감을 때 사용한다"라 하였다. 종자에 있는 사포닌 성분은 소염, 진통, 거담, 항균 등과 같은 약리적인 작용과 위나 장에서 흡수되지 않고 물에 의해 분해되는 특성을 가지고 있다.

차 음식은 담백하고, 음식 특유의 냄새를 없애주며, 살균, 방부제의 효과가 있어 다양하게 이용하고 있다. 일본, 대만, 중국에서도 차를 이용하여 음식을 만든다. 차를 이용한 국수, 아이스크림, 사탕, 초콜릿, 껌, 양갱, 푸딩, 빵, 젤리, 떡, 피자 등은 천연의 재료로 건강한 음식을 선호하면서 생긴 결과이다.

차밭에서 딴 생엽이나 차를 우리고 난 잎으로는 부침을 할 수 있다. 또한 차 가루를 이용하여 부침도 하는데, 간단한 간식이나 술안주가 되기도 한다. 평소에 우려 마신 녹차 잎을 말려두었다가 이용하면 좋다.

오늘날 차를 이용한 제품 중에서 가장 많은 시장을 형성하고 있는 것은 음료이다. 과거 음료 시장은 사이다, 콜라, 보리음료, 우유, 탄산음료, 스포츠 드링크, 과일음료, 섬유음료가 주류를 이루었다. 지금은 단맛이 적고, 지방을 분해하여 다이어트에 좋은 성분 등 건강을 지향하는 소비자의 니즈에 따라 차에 대한 관심이 어느 때보다도 뜨겁다.

차는 무좀 및 피부병에 살균작용과 수렴작용이 있어 무좀균의 증식이 억제된다. 가벼운 피부병에도 찻잎을 바르면 도움이 된다. 차를 마신 후 찌꺼기는 단백질과 아미노산, 무기질 등의 영양이 풍부히 함유되어 있어 관상수나 화분에 주면 아주 좋은 비료가 되고 식물 성장에도 양호하다. 또한 마시고 난 잎을 말렸다가 차 향로로 사용하거나 화장실, 냉장고에 넣어두면 공기 정화, 악취 제거에 좋은 효과가 있다.

〈표 1-9〉 차를 활용한 제품

구분	용도	특성
차종자	식용유, 화장품 원료 유화제, 세척제, 습윤제 살균 소독제	올리브유와 유사한 지방산 조성 샴푸, 비누, 세척제 원료, 농약의 습윤제 새우 양식장의 해충 및 어류 살충제
차엽	차 국수 Tea 라떼 차 아이스크림, 티 아포가토 차 캔디, 차 초콜릿 차 양갱, 차 푸딩, 차 젤리 스콘, 마들렌	녹차의 풍미가 조화된 제품 말차와 우유를 섞어 만든 라떼 비만 걱정 없는 개운한 맛 입 냄새 제거 및 충치 예방 녹색을 띤 담백한 맛 단맛이 적고 차 향이 은은한 건강식품
	홍차 버섯 인스턴트 티 차 음료 차 술 차 껌(플라보노) 차 칵테일 차 콜라, 차 사이다	유산균, 효모균, 초산균의 집합체 간편하게 마실 수 있는 차 제품 무당, 무착색의 천연건강음료 녹차, 우롱차, 홍차 사용한 독특한 풍미 입 냄새 제거 및 충치 예방 소주 및 위스키의 칵테일 사용 찻잎을 추출하여 만든 탄산음료
	치약제품 화장품 소취제 차 향로 항산화제 입욕제 차 비누 천연 카페인	충치 세균의 살균 및 입 냄새 제거 효과 항산화 및 활성산소 제거 냉장고 및 주방용 탈취제 탈취작용, 공기정화 식용유지 및 유지가공식품의 항산화작용 체취 제거, 피부미용 여드름 제거 및 피부미용 각종 의약품 원료
	요리의 소재 혼합차 고혈압, 당뇨병 약품	느끼한 맛이나 생선 냄새 제거 차 외 과일 기타 식물의 원료와 블렌딩 가바(GABA) 성분, 다당류 추출해 만든 약품

2부

차와 더 친해지기

I

어떤 물로 차를 우릴까?

옛날 선비들은 작은 표주박을 한 개씩 가지고 길을 나섰다. 지금은 박물관에서나 볼 수 있는 표주박은 계곡, 강, 우물에서 물을 떠 마시던 휴대용 물컵이었다. 요즘은 가정, 직장, 식당, 공공시설 등에 정수기가 설치되어 있고, 편의점, 마트에서 물을 구입하는 것이 당연시 되었다. 물론 수돗물이 안전하다지만 끓여 마시기는 해도 대부분 그냥 마시지는 않는다.

인체는 70~90%가 물로 구성되어 있고, 물 섭취가 1~3% 부족하면 갈증을 느끼고, 5% 부족하면 혼수상태가 된다. 물이 몸 전체에 퍼지는 데 30분쯤 소요되니 갈증을 느끼기 전에 충분히 마신다. 나이가 들면 체내에 물이 적어져서 주름과 같은 피부 변화가 생기고, 물을 충분히 마시지 않으면 면역력 저하, 불면증, 우울증이 생길 수 있다. 세계보건기구(WHO)는 하루에 $200ml$의 물 8~10잔을 권한다. 그러나 2리터의 물을 마신다는 것은 쉬운 일이 아니다.

매일 마시는 물의 성분을 알고 마시는 사람은 얼마나 될까?

깨끗한 물이라고 다 좋은 물은 아니다. 물 속의 용존산소량, 미네랄의 종류에 따라 단맛이 강하거나 아주 부드럽게, 시원하게 느껴지기도 한다. 먹는 물의 종류는 광천수, 알칼리 이온수, 탄산수, 수소수, 빙하수, 해양심층수, 프리미엄 생수 등 다양하다. 물을 차게 또는 끓이면 물 속의 미네랄이 달라진다. 물의 종류에 따라 차의 풍미가 달라지니 조심스러울 수밖에 없다.

이 장에서 우리가 무심히 마시고 있는 물, 어떤 물로 차를 우리는 것이 좋은지, 좋은 찻물에 대해 생각해보자.

소비자가 선호하는 생수 브랜드들

1

지금은 먹는 물 전쟁 중

우리나라에서 먹는 물에 대한 관심이 커진 시기는 언제일까? 88올림픽을 계기로 외국인에게 한시적으로 생수를 판매하였다. 이후 낙동강 수질 오염을 계기로 먹는 물에 대한 관심이 높아졌고, 1994년 깨끗한 물을 마실 권리를 침해한다는 대법원의 판결로 1995년에 '먹는물관리법'에 의해 본격적으로 물을 판매하게 되었다.

환경부는 매년 수돗물과 먹는 샘물(이하 생수)의 수질기준을 정하고 있다. '먹는샘물관리지침'에 의해 생수업체가 있는 지자체에서 수질검사와 정기점검 및 수시점검을 실시하고 있다.

먹는 물의 종류

우리가 먹는 물은 약수터·샘터·우물 등의 자연 상태의 물, 자연 상태의

물을 먹기에 적합하게 처리한 수돗물, 먹는 샘물, 먹는염지하수, 먹는해양
심층수 등을 말한다. 흔히 말하는 생수의 법적 용어는 '먹는 샘물'로 부르
는데 이는 광천수를 의미하며, 가정이나 사무실 등에 흔한 정수기에서 나
오는 물은 정제수이다.

차가 중금속 오염을 제거한다는 연구 결과가 발표되면서 차를 마시려
는 사람들이 늘고 있다. 차를 우리는 물에 따라 차 맛이 달라지니 어떤 물
로 우려야 하는가도 중요하게 되었다.

조선시대 봉이 김선달이 대동강 물을 한양의 양반댁에 팔았다는 이야
기는 사기꾼을 일컬을 때 하는 말이었다. 지금은 강원도를 비롯한 명산,
산맥, 해양심층수의 물은 훌륭한 상품이다. 프리미엄 물을 판매하는 백화

점 워터바water bar에 수입 생수
가 날개 돋친 듯 팔리고 마트와
편의점의 PB브랜드 생수, 쿠팡
과 티몬 등 온라인으로 소비자
를 유인하고 있으니, 그야말로
물을 물로 보면 안 되는 생수시

백화점 워터바의 프리미엄 생수

장은 물 만났다 할 만큼 '물 전쟁'을 하고 있다.

처음 유럽 여행을 할 때 식당에서 음식 가격에 물값이 포함된 것에 놀란
다. 아직 우리나라는 식당에서 식사할 경우 물을 무료로 주기 때문에 더욱
그렇다. 그래서 미리 물을 가져가거나 식사 후 남은 물을 들고 나오기도
하고 탈이 날 것을 대비하여 약을 준비하기도 한다. 지난 2016년에 대만
차문화 기행에 참가한 한 노신사는 차 산지, 차 상점을 찾아다니며 차를

맛보는 여행 중에 "배탈약이 필요 없었다"며, 차의 효능을 경험하는 계기가 되었다고 했다.

한국기업평판연구소에서 소비자가 선호하는 20개의 생수 브랜드를 발표하였다. 이 연구소에서는 매월 소비자의 온라인 습관으로 어떤 생수에 호감을 갖고 구입하는지에 대해 빅데이터 분석을 하였다. 2016년 5월과 2020년 3월의 빅데이터 분석 결과를 비교하면 2020년의 경우 삼다수, 아이시스, 백산수, 스파클, 동원샘물, 에비앙, 몽베스트생수, 풀무원, 평창수, 지리산수 순이었다. 5년 전과 차이가 있다면 1위, 2위를 달리던 수입 생수 에비앙이 5위로 떨어진 것과, 국내 브랜드 몽베스트 생수의 약진이다. 생수 브랜드 이미지가 좋고 많이 팔리는 물이 좋은 물의 기준이 될 수는 없으나 참고는 할 수 있다. 광동의 삼다수, 롯데칠성의 아이시스, 농심이 수입하는 백산수가 물 시장의 60%를 차지하고 있으며, 대형마트와 편의점에 PB 상품으로 소비자의 선택을 기다리고 있다.

2019년 환경부에 등록된 생수는 국내 61개 업체, 외국 86개 회사의 PB 상품을 포함한 300여 개나 된다.

먹는 물을 평가하는 시대

맛과 향이 있는 차와 커피를 위해서도 좋은 물이 필요하다. 커피는 TDS 100mg/L 이하의 연수나 중경수가 좋으며, 경수로 커피를 내릴 때는 기구의 관을 막을 수 있다. 녹차를 우릴 때는 연수, 보이차나 홍차를 우릴 때는 중경수가 좋다.

최근 가장 맛있는 물을 찾아보려는 흥미로운 비교 실험을 하였다. 2018년 (사)한국국제소믈리에협회의 소믈리에가 주요 정수기 업체를 선정하여 가장 맛있는 '정수기 물' 맛을 심사하였다. 이 테스트로 그동안 '깨끗함'과 '순수함'을 강조했던 정수기 물에서 필터링 방식, 필터 사용률에 따라 달라지는 '물 맛'을 홍보해야 하는 시기가 된 것이다. 이제는 정수기 물의 미네랄 함량을 표시하여 안전하고 맛있는 물을 마실 수 있도록 해야 할 것이다.

또한 2018년 한 신문사 기자들은 워터소믈리에와 함께 대형마트, 백화점의 국내외 생수의 블라인드 테스트를 실시하였다. 그 결과 국내 40% 이상을 점유하는 삼다수와 에비앙의 물 맛이 가장 좋다고 평가하였다.

백화점에서 인기가 있는 프리미엄 수입 생수는 유럽과 청정지역의 화산층, 빙하퇴적층, 지하수, 동굴 등 오염이 되지 않은 상태로 직접 병에 담는다. 미네랄의 성분이 골고루 녹아있어 신진대사를 원활하게 돕고, 소화를 촉진하며, 성장기 어린이, 임산부, 다이어트, 노인성 질환 등에 효과가 있다.

〈표 2-1〉 주요 수입 생수의 특징

물 이름	국가	수입 생수의 특징
볼빅 Volvic	프랑스	화산층이 있는 오베르뉴 볼빅계곡의 중성의 물로 신진대사를 돕고 프랑스 보건국의 승인을 받았고 유럽에서 가장 대중적인 물이다.
에비앙 evian	프랑스	만년설이 빙하퇴적층에서 고인 물로, 칼슘과 마그네슘이 많은 생수이며 취수 자리에서 직접 병입하는 가장 대중적인 프리미엄 워터이다. 성장기 어린이, 골다공증 환자, 신경이 예민하거나 집중력 감소할 때 좋고, 신장결석 완쾌 사례가 있어 유명해졌다.

물 이름	국가	수입 생수의 특징
아쿠아파나 ACQUAPANNA	이탈리아	투스칸 파나빌 지역의 자연적으로 솟은 용천수로 가공하지 않아도 부드럽고 순하고 상쾌하며 소화를 촉진한다. 유럽의 유명한 레스토랑의 대표 테이블 워터이다.
노르데나우 NORDENAUER	독일	동굴에서 취수한 미네랄워터로 독일에서는 의료용 광천수로 분류할 만큼 활성산소를 제거하는 성분이 있어 노화를 방지한다. 당뇨와 콜레스테롤 환자에게 좋다.
티 난트 TY NANT	영국	생수 중 가장 깨끗한 프리미엄 물로 미세하게 비릿한 향기가 있으나 순하고 부드럽다. 꾸준히 마시면 노화예방에 좋다고 알려져 있다.
블링에이치투오 bling h2O	미국	테네시 주의 시골마을 천연 샘물을 9단계 정화하여 상품화되었고, 뚜껑을 열면 숲과 산소의 향기가 있으며 적절한 미네랄이 스트레스를 낮춰준다.
알칼라이프 Alkalife	호주	블루마운틴 지역의 석화동굴 알칼리 생수로 실리카 성분이 '마시는 화장품'으로 불릴 만큼 활성산소 제거 탁월. 질병·노화예방·임산부에 좋다.
피지 FIJI	피지공화국	피지 제도의 가장 큰 섬 비티 레부의 화산암으로 자연 정수된 지하수, 외부환경과 단절된 곳에서 취수하여 미네랄이 이상적인 물로, 규산이 풍부하여 노인성 질환(알츠하이머) 예방에 좋다. 삼다수와 비슷한 맛이다.
스파 SPA	벨기에	아르덴 고원 스파지역의 물로 미네랄 함량과 경도가 낮아 노인·어린이에게 적합하다. 피부노화 방지, 식욕억제, 지방분해 등 효과가 있다.
야나 베이비 JANA baby	크로아티아	아드리아해 인근 지하수로 2005년 파리아쿠아엑스포에서 오스카상을 받았고 영유아 음료수와 이유식으로 사용하기 편리한 작은 용기로 시판되어 간편하다.
백산수	중국	삼다수 다음으로 많이 판매되는 생수로 백두산 화산암반층의 물을 그자리에서 취수, 병입한다. 1년 내내 7도가 유지되는 약알칼리성 물로 중국인도 즐겨 마신다. 천연실리카 성분이 40~48mg/L 포함되어 있어 심장질환, 골다공증, 세포조직 재생, 노화방지에 좋다.

위의 표는 『물수첩』을 참고한, 다양한 국가에서 수입하는 대표 생수 10가지이다. 에비앙은 세계 최초로 물을 상품화한 고급 생수 브랜드로 생수시장에서 1위를 지키고 있다. 에비앙과 볼빅은 프랑스 화산층의 산에서

취수한 유럽의 가장 대중적인 물이다. 볼빅은 칼슘이 많아 골다공증 환자에게 좋으나 비릿한 맛이 난다. 소화를 촉진하는 성분인 중탄산염이 많은 물은 알칼라이프, 블링 H2O로 산성화된 음식의 중화를 돕는다. 또한 실리카 성분이 포함된 알칼라이프와 피지워터는 미네랄 함유 비율이 이상적인 물로 피부건강, 활성산소의 분해 및 알츠하이머 등에 좋은 것으로 알려져 있다. 피지워터는 삼다수와 물 맛이 비슷하고 실리카 성분이 있는 물은 백산수이다. 국내에서 생산되는 생수와 다른 미네랄을 함유하고 있는 수입 생수는 다양한 미네랄의 효과를 위해 물 맛뿐 아니라 연령에 따라, 질병에 따라 선택하는 특별한 물로 가격대가 높은 편이다.

〈표 2-2〉 국내 생수의 특징

물이름	지역	국내 생수의 특징
삼다수	제주	유네스코 세계자연유산으로 등재된 제주도의 화산암반수로 오염물질의 정화 능력이 뛰어나다. 미국식품의약국과 일본 후생노동성의 수질검사테스트를 통과하였고 미국 국립과학재단(NSF)의 유해요소중점관리기준인 HACCP 인증을 획득하였다.
강원평창수 (PB 봉평샘물)	강원도 국유림	평창군의 화강암 암반수로 백두대간의 살짝 비릿한 숲 향기와 거친 미네랄이 자연의 순수를 느끼게 한다. 미네랄이 풍부한 물로 2018년 평창올림픽 공식 생수였다. 이마트가 판매하는 PB브랜드가 봉평샘물이다.
동원샘물 (PB 블루)	경기도 연천	동원 F&B가 암반대수층에서 취수하여 가벼운 바디감과 깨끗한 맛, 약간 거칠다. 가열, 냉동 등 급격한 온도 변화로 백색 침전물이 생길 수 있으나 품질은 같다. 이마트에서 PB상품 블루를 판매하고 있다.
석수	충북 청원	미국 샤스터, 프랑스 비쉬와 더불어 세계 3대 광천지역인 청원의 소백산맥 일대의천연암반수, 운모화강암과 식영층의 물을 직접 취수하고 화학처리 하지 않아 신선함이 있다. 취수지가 14곳, 공장은 세종과 청주에 있으며, 미네랄의 차이가 있다.

물 이름	지역	국내 생수의 특징
아이시스	충북 속리산	약알칼리성의 천연광천수로 칼슘과 마그네슘의 비율이 2:1∼3:1로 최적의 미네랄 밸런스(pH 8.0)를 갖춘 물로 피부미용과 다이어트에 좋다. 수원지가 8개로 미네랄 성분이 조금씩 다르다.
아이시스 DMZ	비무장 지대	자연의 순수함을 간직한 세계 유일의 비무장 지대 프리미엄 생수로 인체성장 조직에 필요한 미네랄 성분이 함유되어 있다. 공병에서 취수까지 한 공장에서 처리하여 HACCP 인증을 획득하였다.
아이시스 주니어	경기도 양주	지하 암반수의 물로 유아기, 성장기 어린이에게 필요한 천연 미네랄 성분이 함유된 물이다. 적은 용량(300㎖), 스마트 캡이 있어 편리하다.
아임수	경북 영주	한국의 알프스라 불리는 소백산 국립공원 일대의 물로 직사각형의 납작한 모양으로 휴대가 용이하다. 부드러운 첫 맛, 미세한 짠맛, 끝맛은 시원하다.
풀무원샘물 (PB 커클랜드)	경기도 포천	세계적으로 유명한 네슬레워터스와 합작하여 생산하는 물로 매일, 월1회 수질검사로 철저하게 관리한다. 용존산소량이 많아 활성산소 및 인체의 독소제거, 운동 후 급격한 체력소모, 갈증에 좋다. 코스트코가 판매하는 PB제품 커클랜드를 생산한다.
천년동안	강원도 동해	고성 앞바다의 해양심층수로 수심 200m 이하에서 취수하여 칼슘, 칼륨, 마그네슘이 1:1:3으로 미네랄 비율이 몸의 흡수를 높인다. 미국 FDA, 일본 후생성, 국제생수협회의 기준을 통과한 프리미엄 생수이다.
몽베스트	경기도	경기도 북망봉의 화강암반수에서 취수한 물을 최신설비와 시스템을 갖춘 공장에서 처리하며, 물맛에 좋은 규소(Si)가 있다. 소비자의 브랜드 이미지가 좋아지고 있는 프리미엄 생수이다.
스파클	충남 경북	천연암반수의 천연미네랄 워터로 빈병을 회수하고, 쌀을 판매하는 등 소비자의 니즈를 반영한 마케팅을 펼치고 있다. 칼슘이 많은 물로 차를 끓이면 침전물이 보일 수 있다.

위에서 수입되는 물과 국내 시판 중인 먹는 샘물의 특징을 살펴보았다. 화산암반수, 광천수, 해양심층수 등으로 몸의 상태에 따라 물을 선택하여 마실 수 있다. 야나베이비나 아이시스 주니어는 칼슘이 많고 작은 용량으로 휴대가 간편하여 인기가 많은 물이다. 평창수와 봉평샘물, 커크랜드와 풀무원은 수원지가 같은 물이고, 같은 브랜드의 석수와 아이시스는 수원

지가 각 14개, 8개이다.

또한 롯데마트의 '초이스엘 샘물'과 농협 하나로마트의 '맑은샘물'은 수원지가 같다. 물을 마시기 위해, 물병이 특이해서 수집용으로 구입할 만큼 생수는 다양하게 생활속에 녹아 있다. 2019년 환경부에서 조사한 시판 생수의 미네랄 성분과 pH, 경도는 〈표 2-3〉과 같다. 물을 취수할 때마다 미네랄의 함량이 차이가 있다. 표에서 미네랄이 많거나 특별한 미네랄을 함유한 생수는 붉은 색으로 표시하였다.

〈표 2-3〉 생수의 미네랄 성분

물 이름	미네랄 성분					pH	경도
	칼슘	칼륨	마그네슘	나트륨/실리카	불소/중탄산염		
볼빅	108	43	31.3	2.6/29.4	0.1	7.45	68
에비앙	78	1	24	3.8	0.2	7.2	357
아쿠아파나	33	0.9	6.7	6.3	0.1	8.2	98
노르데나우	41.6	1.1	8.1	3.2		8.3	14.7
티 난트	22.5	1	12	22	0.2	6.8	103
블링 h20	7.66	1.2	6.8	1.5	0/100	7.66	27
알칼라이프	60	1	12	7.2/26.4	0/290	8.26	199
피지	18	5	14	18/3	0.24	7.5	140
스파	4.5	0.5	1.3	3	0.1		
야나베이비	63	2.2	32.5	2.2	0.1		
아이시스 주니어	7~46	0~2	1~6	4~40	0~1		
삼다수	2.2~3.6	1.5~3.4	1~2.8	4~7.2		7.8	20

물 이름	미네랄 성분					pH	경도
	칼슘	칼륨	마그네슘	나트륨/실리카	불소/중탄산염		
백산수	3.0~5.8	1.4~5.3	2.1~5.4	4.0~9.1/40.6	0~1.0		
강원평창수	5.8~34.1	0.3~1.4	0.8~5.4	2.5~10.7	0~1.2		62
동원샘물	19~23	1	2	8~9	0~.01		
석수	27.4~30.5	1.3~2.0	4.2~4.8	3.7~4.9	0~0.1	7.6~8	75~150
아이시스	5~20	0~2	3~7	0~3	0~1		35
아이시스 DMZ	5~19	0~2	1~5	1~6	0~1		
아임수	22.7~33.2	1.6~3.6	2.1~4.5	10.4~13.5	0~0.3		
풀무원샘물	17.2~34.5	0.58~1.31	4.3~7.1	2.99~7.4	0~0.5	7.2~8.2	30~60
천년동안	5.5	5.5	16.4	7.0			80
몽베스트	17.2~34.5	0.58~1.31	2.99~7.43	4.31~7.09			35~60
스파클	20.6~42	5.7~14.8	3.7~13.8	0.7~2.7	0~1.1	6.8~7.2	

우리 몸은 약산성이라 약알칼리성 물을 마시면 좋다. 미네랄 성분이 중요한 것은 삼투압 조절로 몸에 필요한 성분을 보충해 주기 때문이다. 히말라야 장수촌의 물은 pH 7.8~9.5의 약 알칼리성을 띠고 있다. 약 알칼리성 물은 음식물 분해와 소화를 촉진하고, 면역력 강화에 도움을 주는 항산화물질이 있다. 따라서 미네랄이 풍부한 물은 끓이지 않고 마셔야 체내 흡수가 빠르다. 오래 끓이거나 여러 번 끓이면 물속의 미네랄이 적어지고 물맛이 없고 차도 잘 우러나지 않는다.

지구촌 한편에는 마실 물이 없어 걱정하는 나라가 있고 한편에는 프리미엄 생수가 경쟁 중이다. 수돗물이 안전하다 해도 생수로 마실 수 없고, 정수기의 물은 몸에 필요한 미네랄도 걸러낸다는 두려움이 있어 프리미엄 생수를 선호하는지 모른다.

2

물 속의 미네랄, 알고 마시자

물은 우리 몸에 필요한 다양한 미네랄이 들어 있어 체온을 조절하고 몸의 신진대사를 돕는다. 미네랄은 체내에서 생성되지 않아 음식과 물을 통해서 섭취해야 한다. 물에는 칼슘·마그네슘·칼륨·나트륨·염소·인·황 등 필수 미네랄 7가지 무기영양소가 함유되어 있다. 생수병에는 칼슘, 칼륨, 마그네슘, 나트륨, 불소의 표기를 의무로 정하고 있으며, 다른 미네랄, 불소 정도, 경도와 pH를 표기하여 시판된다. 차를 마시는 데 필요한 물부터 소화불량, 칼슘섭취, 다이어트, 아토피, 운동 후 갈증 해소 등 몸의 컨디션에 따라 물을 선택할 수 있다.

☆彡彡 물 속의 미네랄 彡彡☆

물의 맛과 냄새를 전문적으로 평가·판별하는 사람을 워터 소믈리에

Water Sommelier라고 한다. 순수한 물에서는 아무런 맛이 느껴지지 않지만 특정 미네랄이 함유된 물에서는 다른 맛을 느낄 수 있다. 칼슘, 규산이 있는 물은 단맛이 나고 칼륨이 지나치면 짠맛이 있다. 황산염·마그네슘·염소가 많은 물은 쓴맛이 있고 철·구리·아연·망간이 많은 물은 금속 맛이 난다. 우리가 맛있다고 느끼는 물에는 칼슘이 많고, 마그네슘·황·염산이 적다. 〈표 2-4〉에서 물에 녹아있는 미네랄의 기능과 물 맛을 정리하였다.

〈표 2-4〉 물속의 미네랄 성분과 기능

미네랄 종류	미네랄의 기능	물맛
칼슘(Ca)	체내의 골격과 치아의 형성, 혈액의 응고를 촉진한다. 근육의 수축 및 이완 등 뼈 건강과 밀접하여 '다량 무기질'이라 부르며 체내에 항상 5g 이상이 있어야 한다.	단맛
칼륨(K)	나트륨을 억제하고 혈액이 산성화 되는 것을 방지한다. 칼륨과 나트륨의 비율은 2:1이 적정하다. 근육마비, 변비 치료에 필요하다.	단맛
마그네슘(Mg)	칼슘 작용을 돕고 근육과 신경 기능 유지에 필요하다. 부족하면 눈밑이 떨리거나 팔 다리의 근육 경련이 생긴다.	쓴맛
나트륨(Na)	몸의 전해질을 조절하고 신경자극을 전달하나 부족하면 식욕 감퇴, 근육 경련이 생긴다.	짠맛
인(P)	뼈와 치아의 구성, 세포 성장과 에너지에 필요하다. 부족하면 초조함, 피로, 호흡 불규칙, 체중의 변화 등이 온다.	
황(S)	피부 건강에 좋고 머리카락을 빛나게 한다. 부족하면 손톱이 잘 부러지고 습진, 발진, 기미, 탈모가 생긴다.	녹맛
실리카	피부, 머리카락, 손톱 등을 이루는 필수 성분으로 콜라겐을 형성하여 피부노화를 막는다.	
중탄산염	체내의 pH를 중화하여 산성화를 막고 위산을 중화하고 소화효소의 작용을 돕는다.	

물 속의 pH와 경도

물 속에는 적정산소와 이산화탄소가 있어야 청량감이 있다. 물 속에 녹아있는 수소이온의 농도pH에 따라 산성, 중성, 알칼리성으로 나눈다. 우리가 맛있다고 느끼는 물은 pH 7~8.5이지만 개인의 기호에 따라 다르다. '바디감'은 물을 입에 머금었을 때의 느낌을 말하며 '경도'라 한다. 경도는 물 1리터에 포함된 칼슘과 마그네슘의 양을 수치화 한 것이다. 경도가 높은 물은 무거운 바디감과 진한 맛을 내고 경도가 낮은 물은 바디감이 가볍고 담백하고 부드럽지만 김빠진 맛이 난다. 목 넘김이 좋은 물의 경도는 50mg/L이다. 우리나라 경도 기준은 300mg/L 이하이지만 유럽은 경도 제한이 없다. 따라서 국내에서 구입하는 에비앙은 경도가 조정되어 수입된 물이고, 유럽에서 마실 때와 차이가 있다. 물의 경도를 살펴서 자신에게 맞는 물을 선택하는 것은 중요한데 경도가 높은 물은 위장을 손상시키고 설사를 유발하며 음식의 맛을 저하시키기 때문이다.

대형마트의 생수

전 세계의 100세 이상 장수하는 노인이 많은 곳은 좋은 물이 있는 곳이다. 코카서스 산맥, 히말라야 산맥, 안데스 산맥 등의 장수촌은 큰 산맥의 기슭에 있고 만년설이 덮여 있어 일 년 내내 차가운 물이 흐른다. 히말라야 장수촌의 물은 pH 7.8~9.5의 약알칼리성으로 암을 예방하는 항산화 물질이 많아 음식물 분해와 소화흡수를 돕고 면역력을 강화한다.

약간 단맛의 물은 pH 7.3~7.8, 부드러운 물의 경도는 0~17mg/L이다. pH 수치에 따른 물맛과 경도를 〈표 2-5〉로 정리하였다. 같은 가격이라면 미네랄 함량, 경도, pH 등을 살펴보고 자신에게 적당한 물을 선택하는 지혜가 필요하다.

〈표 2-5〉 물의 pH수치와 경도

pH	물 맛	경도(mg/L)	물의 느낌
5~6.7	신맛	0~17.1	맛이 연하고 깊이가 없다
6.7~7.3	보통	17.1~60	약간 부드럽다
7.3~7.8	약간 단맛	60~120	부드럽고 순한 맛
7.8~10	쓴맛	120~180	세다
		180~	텁텁하고 쓴맛

물 속에 녹아있는 미네랄의 함량을 총용존고형물TDS(Total Dissolved Solid)이라 한다. 증류수의 TDS는 0이고, 수돗물은 40~100mg/L, 바닷물은 34,000mg/L이다. 음용수의 TDS 기준은 50~800mg/L이나, 미국은 250mg/L가 넘어야 한다.

3

차 우리기 좋은 물

좋은 물이 흐르는 곳에 양질의 차가 생산되며, 그 물로 차를 우려야 제 맛을 낼 수 있다는 것을 언제부터 알고 있었을까? 당나라 때 장우신은 "물과 차는 같은 토양에서 좋은 맛이 난다. 차가 산지를 떠나면 물의 공은 절반으로 줄어든다. 그러나 잘 달이고 그릇이 깨끗하면 그 공은 완전하다"고 하였다. 또한 육우는 고여 있는 물이 아니라 "흐르는 물이 좋다"고 하였다. 차 맛도 물 맛도 잘 아는 육우는 손님에게 차를 대접하기 위해 어린 종에게 물을 잘 끓이라고 하였다. 그런데 어느 날 졸다가 물이 졸아들었고, 그 물로 우린 차 맛이 좋지 않았다. 이에 화가 난 육우는 하인을 철사로 감아서 불속에 던져버렸다고 한다. 아마도 육우의 철저한 물 관리를 강조하기 위한 일화일 것이다. 당대 육우는 후세에 이르러 다성茶聖이라는 칭호를 갖게 되었다.

장우신의 『전다수기』에는 육우가 이계경에게 차를 마시기에 가장 적합한 중국의 물을 20개의 등급으로 나누어 설명했다는 기록이 있다. 제일 좋

중국 금사천과 일본 은하천

은 물은 여산 강왕곡 수렴수水簾水로 이를 '천하제일천天下第一泉'이라 하였
다. 청나라 건륭황제는 평생 차를 즐기며 "좋은 물로 차를 우리면 차에서
광택이 나고 향기로우며 맛이 두텁다"고 하였고 북경의 옥천玉泉과 제남
의 박돌천趵突泉을 '천하제일천'이라 하였다. 이후 천하제일천은 좋은 물
의 대명사로 시대에 따라 각 지방의 맛있는 물을 부를 때 사용하였다.

　명나라 장원의 『다록』에는 "차는 물의 신神이요, 물은 차의 체體이나 진
수眞水가 아니면 그 신이 나타나지 않으며 진다眞茶가 아니면 그 체를 볼
수가 없다"고 하였다. 당나라 『서역기』에는 물을 선택하는데 필요한 8가
지를 팔덕八德이라 하였는데 물이 가볍고[輕], 맑고[淸], 차갑고[冷], 부드럽고
[軟], 감미롭고[美], 냄새가 나지 않고[無臭], 비위에 맞고[調適], 먹어서 탈이
없는[無患]것을 말한다.
　2000년 육우탄생 1,220주년 기념 한·중·일 국제 차문화연토대회 참가
중 절강성 호주의 호포천을 찾았다. 호포천은 용정차를 우리기에 가장 좋

아서 '용정차龍井茶, 호포수虎跑水'라 부른다. 또한 자색 찻잎(고저자순차)으로 유명한 고저산에는 왕실에 진상하는 물인 '금사천金沙泉'이 있었다. 우물 중앙의 비석에 붉은색으로 '금사천'이라 새겨놓아 일반인들이 함부로 취하지 못하도록 하였다.

다음은 성현의 『용재총화』에 전하는 이야기다.

상곡 성석인과 기우자 이행은 절친한 사이로 차를 즐겨 마셨다. 어느 날 상곡의 차실에 이행이 방문하여 차를 마시던 중 "네가 이 차를 달이면서 두 가지 생수(生 水)를 부었구나" 하고 물 맛을 품하였다. 차를 달인 서생이 도중에 새 물을 부은 것을 알아낸 것이다. 이행은 "충주의 달천수를 제일이라 하고 금강산에서 나와 한강 한가운데로 흐르는 우중수를 두 번째, 속리산 삼타수를 세 번째"라 하였다.

『동의보감』 '탕액편 수부水部'에는 우리가 알고 있는 정화수, 지장수 등 33가지의 물을 설명하고 있다. 특히 '자약편煮藥編'에 약을 달이는 물은 "단물[甛水]이 제일이고 …… 약한 불에 일정한 양이 되게 달여서 비단천 으로 걸러 찌꺼기를 버리고 맑은 물만 먹으면 효과가 있다"라고 하여 약을 달이는 물의 종류와 약효가 관련 있음을 말해준다.

해남 대흥사의 일지암과 강진의 다산초당 옆에 유천乳泉이 지금도 있다. 조선시대 차를 즐겨 마셨던 초의와 다산에겐 소중한 물이었다.

과거에는 차를 마시기 위해 좋은 물은 구하는 것도 운반하는 것도 어렵고 물을 끓이는 땔감의 종류도 중요하였다. 현대는 물을 끓이는 도구가 다양하고 편리한 전기주전자가 있어 물이 줄어들까 지켜볼 필요는 없다. 다만 끓인 후 다시 끓이거나 끓지 않은 물로 차를 우리는 것을 주의하면 된다. 그러나 여전히 어떤 물로 찻물을 끓여야 하는가는 중요하다.

4

좋은 물을 마시기 위한 작은 노력

　좋은 물은 차를 우렸을 때 그 색이 맑고 차향이 부드러운 것을 말하는데, 경수보다 연수가 좋다. 자연수, 생수, 정수한 물도 시간이 지남에 따라 미네랄 성분이 달라지므로 주의가 필요하다. 물은 직사광선이 없는 청결한 곳에 보관하는 것이 좋다. 간혹 마트, 슈퍼, 편의점 등에서 판매되는 생수가 직사광선에 노출된 것을 보게 된다. 유통기간이 있으나 보관장소에 따라 신선도가 떨어질 수 있으니 살펴봐야 한다.

　차를 마시면 더 많은 물을 마실 수 있다. 차에 함유된 많은 미네랄 성분은 몸 속의 활성산소活性酸素를 제거하여 항산화 작용을 돕는다. 활성산소란 호흡으로 몸 속으로 들어간 산소가 산화력이 강한 대사 과정에서 생기고 생체조직을 공격하여 세포를 손상시키는 유해산소를 말하며, 암이나 질병 등을 일으켜 기능을 저하시키고 노화의 원인이 된다.

수돗물

수돗물은 댐에서 물을 취수하여 활성탄으로 수질을 맑게 하고 원수의 미세입자를 없애기 위한 화학약품을 섞고, 염소로 소독 후 미생물을 제거한다. 여러 단계를 거쳐 정수된 물이 수돗물인데 이 물로 차를 우리면 소독약 냄새로 차향을 해칠 수 있다. 물을 정화하는 방법은 모래와 맥반석을 이용하는 것인데, 강가의 모래를 삶아 말렸다가 옹기나 도자기 항아리에 맥반석과 함께 물에 하루 정도 담갔다가 윗물부터 떠서 쓴다. 맥반석이 없는 경우 수돗물을 플라스틱보다 유리 용기에 담아 하루정도 두었다가 물을 끓일 때 뚜껑을 열어 1분 정도 더 끓여 찻물로 사용한다.

우물·샘터·약수터의 물

비가 오면 물이 많아지는 우물물은 취하지 않는다. 우물, 샘터, 약수터 등의 정기적인 수질검사가 되고 있는지 확인한다. 오색약수, 초정약수, 탄산수 등은 끓이지 않고 그냥 마실 때가 좋다. 온천수의 미네랄은 몸의 피로를 풀어주나 마시는 물로는 적합하지 않다. 약수, 탄산수, 온천수는 끓여서 찻물로 사용하는 것은 피하는 것이 좋다. 약수터·샘터 등에 있는 수질검사표와 미네랄 성분을 꼭 확인하고, 물을 담는 용기는 깨끗하게 세척 후 사용한다.

생수

생수의 유통기간은 6개월이지만 유통기간을 초과해도 물의 성분에 문제가 없다는 증명을 통하여 환경부장관의 승인을 얻게 되면 유통기간이 12~24개월이 된다. 유통기간이 여유 있어도 최근 제조된 신선한 물을 구입하고, 개봉된 물은 가능하면 빨리 마신다. 별도의 컵을 사용하여 물을 마시고, 용기의 재사용은 삼간다. 부득이 사용해야 하면 용기와 뚜껑을 소독하여 사용한다. 주로 일회용 플라스틱 용기에 담아 판매하는데 용기가 변형된 것은 교환 또는 환불한다. 생수 가격도 구매하는데 영향을 미치지만 물병에 표기된 미네랄 성분, 유통기간, 수원지 등을 확인한다.

천연 미네랄워터Natural Mineral Water와 미네랄워터Mineral Water의 차이는 취수한 생수의 오존 처리 여부에 있다. 천연 미네랄워터는 제주삼다수, 아이시스 8.0, 백산수, 석수, 스파클, 몽베스트 등이다. 오존처리하면 브롬산(Br-)이 생기는데 브롬산은 자연상태의 물에는 없고 양이 많아지면 암을 일으킬 수 있다.

자연 상태의 물을 정수하는 단계, 수원지의 거리 등에 따라 물 속에 녹아있는 미네랄이 달라지고 생수의 가격도 달라진다. 같은 브랜드의 생수도 수원지가 다르기도 하고, 브랜드가 달라도 취수하는 곳이 같기도 하다. 또한 고유한 브랜드와 PB로 유통되는 물은 성분이 같아도 가격이 달라지므로, 같은 품질이라면 저렴한 생수를 선택하려는 것이 당연한지도 모른다.

✦✦✦✦ 정수기의 물 ✦✦✦✦

정수기의 정수 방식에 따라 물 맛이 달라지니 어떤 방식으로 정수되는지 확인이 필요하다.

정수기 업체마다 살균되는 노즐과 수조의 크기가 다르다. 기관이나 사무실의 인원이 사용하는 정수기는 오랫동안 사용하지 않았을 경우 수조에 있던 물을 충분히 따라낸 후 마시는 것이 좋다. 또한 정수기의 물은 정수 후 바로 사용하고 오랫동안 두고 마시지 않는다. 필터의 교환주기를 지키고, 정수기 주변이 청결하도록 관리한다.

✦✦✦✦ 찻물의 선택 ✦✦✦✦

일반적으로 '좋은 물'은 물 속의 미네랄 성분이 균형있는 물을 말하고 '맛있는 물'은 단맛이 있고 쓴맛이 적은 물이다. 그러나 이것은 생수로 마셨을 때 기준으로, 차를 우리는 데 적합하다고 말할 수 없다.

끓인 물로 차를 우릴 때는 냉수로 마실 때의 맛 기준과 다른데, 그것은 물을 끓이면 성분이 변하기 때문이다. 현재 우리나라의 약수(산물)는 오염으로 세균이 많아 식수로도 사용할 수 없는 곳이 많다. 또 냉수로 마셨을 때 좋다는 사찰의 물 중에는 철분이 많아 녹 맛이 많은 물도 있어 약수는 돼도 차를 우리는 물로 적합하지 않을 수 있다. 철의 함량이 많은 물은 차의 탕색을 어둡게 하고 비린내와 쓴맛이 난다.

찻물의 선택 기준은 pH, 경도, TSD 등이다. 물은 경수와 연수, 맑고 탁한 정도에 따라 탕색과 차의 풍미에 미치는 영향이 크다.

또한 물 속의 칼슘과 마그네슘의 함량이 찻물의 선택 기준이 된다. 칼슘의 농도가 높으면 달고 마그네슘이 많으면 쓴맛이 난다. 칼슘이 많고 마그네슘 함량이 적은 물을 선택한다. 다만 칼슘 함량이 많은 물을 끓였을 때 주전자 안에 하얀 물 때가 생기거나 부유물이 있을 수 있으니 주의한다.

pH의 높낮이에 따라 탕색이 달라지고, 물의 경도에 따라 아미노산과 카페인도 우러나오는 것이 달라진다. 같은 상표라도 수원지에 따라 물 맛이 차이 나지만 일반인들이 차를 마시는 데 장애가 될 정도는 아니다. 정수기 물은 미네랄의 성분 표기가 없어 얼마나 깨끗해졌는지 알 수 없다. 시판되는 생수는 표기되어 있는 미네랄 함량을 확인 후 구입한다.

우리에게 가장 친숙한 삼다수와 국내 생수 중 칼슘이 아주 많은 석수, 칼슘이 많고 경도가 높은 프랑스의 에비앙, 수돗물을 끓여 하동의 녹차(세작)를 우려보았다. 같은 차, 같은 양을 같은 시간 우렸을 때 물의 종류에 따라 차의 맛, 향기, 색이 다른 것을 알 수 있었다. 1분 30초 정도 우렸을 때 수색은 눈으로 구별되지 않으나 맛의 차이가 느껴졌고, 다시 1분을 우렸을 때 석수와 에비앙이 수색이 진하고, 떫은맛이 더 느껴졌으며, 수돗물은 삼다수보다 연한 녹색이나 소독약 냄새가 여전히 났다. 12시간이 지난 뒤 석수와 에비앙처럼 칼슘이 많은 물은 밤색, 진밤색으로 변색되었다. 가장 맑은 수색과 감칠맛이 있는 삼다수, 탕색은 삼다수와 같이 변하지 않은 수돗물, 가장 탁한 수색과 떫은맛이 강하게 느껴진 것은 에비앙이었다.

네 가지 물로 우린 녹차 비교

II

차와 어울리는 다과 & 티푸드

　세계인들에게 사랑받는 차의 종류가 셀 수 없이 많은 것처럼 과자의 종류도 다양하다. '과자菓子, Cake'는 정식 식사 이외에 먹는 기호식품으로 서양과자를 말한다. 과菓는 나무에 자연히 열린 실과實菓와 실과를 가공하여 만든 조과造菓로 구분하기도 한다.

　만드는 지역에 따라 한과, 양과, 화과, 중화과자로 구분하며 만드는 방법에 따라 한과는 병이류(떡 종류) · 과정류(엿 등), 양과는 케이크 · 비스켓 · 캔디 · 푸딩 등이 있다. 일본과자는 생과자 · 반생과자 · 건과자로 구분하고 중화과자는 천연과실과 돼지기름, 버터, 설탕 등을 사용하는 월병과 대만의 펑리수 등이 있다. 우리가 즐겨 먹는 케이크, 파이, 카스텔라, 과자, 빵 등은 서양의 생과자와 비스킷류, 초콜릿, 캔디 등을 건과자로, 온 · 냉과를 디저트 과자로 분류한다.

　과자는 쌀가루, 밀가루, 견과류, 과일 등으로 만드는데, 의례가 간소화되고 식생활의 간편화, 서구화 및 퓨전음식이 다양해지면서 후식으로 먹는

찻그릇 전시와 티푸드(2018, 공주문화원)

과자의 종류가 많이 줄었고, 음식으로 즐기는 티푸드tea food 문화로 변화되고 있다.

차와 함께 먹는 과자를 다과茶菓라 하는데 차 맛을 돋궈주고 찻자리 분위기를 좋게 하므로 차와 잘 어울리는 다과를 선택하는 것도 중요하다.

이 장에서는 차와 함께 먹는 다과, 차와 즐기는 음식에 대해 알아보기로 한다. 차와 어울리는 다과 레시피를 참조하여 정성이 담긴 찻자리, 행복한 티타임을 설계해보자.

1

세계의 다과 이야기

차를 마실 때 다과 없이 여러 잔 차를 마시기란 쉽지 않다. 혼자, 여럿이 차를 마실 때 맛난 다과는 다담茶談을 즐겁게 한다. 가볍게 차를 마실 때는 건과자를 선택하고 식사를 하면서 차를 마신다면 음식의 느끼함을 가셔주고 소화가 잘되는 차를 고르는 것이 좋다.

산뜻하고 부드러운 녹차는 담백하고 자극이 없는 다식, 한과 등 건과자가 좋다. 우롱차는 단맛이 있으면서 과일 등을 넣어 구운 반생과자와 견과류가 좋고, 튀긴 음식이나 고기요리 등 기름진 음식은 입 안을 개운하게 해주는 보이차가 좋고 짭짤하거나 달달한 음식에는 홍차가 좋다. 차의 종류와 마시는 시간에 따라 적절한 다과를 찾아보는 것도, 직접 만들어보는 것도 재미있는 일이다.

또한 한국의 다식과 떡, 중국의 월병, 일본의 화과자, 대만의 펑리수 등은 다과나 선물용으로 해외여행에서 돌아올 때 하나쯤 사오는 리스트가 되기도 한다.

〈표 2-6〉 차의 분류에 따른 다과의 특징

차의 분류	다과의 특징	다과의 종류
백차 · 녹차	담백하고 단맛이 약한 다과, 멥쌀로 만든 떡류	다식, 백설기, 율란, 조란, 증편, 전병, 젤리
말차	단맛이 강한 다과, 찹쌀로 만든 떡류	양갱, 화과자, 만주, 약과, 찹쌀떡, 화전
우롱차	약간 단맛이 있는 과일, 견과류를 넣어 구운 과자, 떡류	펑리수, 월병, 호박설기, 깨찰말이, 콩떡
흑차	튀기거나 굽거나 지진 음식, 견과류가 들어간 빵류	밤초, 차엽단, 너츠브레드, 딤섬, 치킨
홍차	촉촉하고 달달한 음식, 버터가 들어간 과자 등	스콘, 마들렌, 쿠키, 머핀, 샌드위치, 피자

한국의 다식과 떡

우리나라의 과자는 한과로 불리는데 떡류와 과정류로 구분한다. 떡은 멥쌀과 찹쌀에 콩, 팥, 깨, 밤, 대추, 호박 등을 넣어 만드는데 절기, 명절, 가정의례에 따라 종류가 달랐다. 과정류는 곡물, 식물의 뿌리 · 줄기, 한약재, 꽃가루 등 재료에 꿀, 조청, 설탕, 한천, 물엿, 식용유 등을 이용하여 틀에 찍고, 졸이고, 익히고, 기름에 튀기거나 버무려서 만드는데 다식, 정과,

다식판과 다식

숙실과, 유과, 강정 등으로 부른다.

그중 다식茶食은 우리나라 고유의 음식으로 고려시대부터 국가 제전, 가정의례 등에 사용되었다. 종가宗家에서 차례와 제사 음식을 준비하기 위해 빠지지 않던 다식판은 대를 이어 사용하는 종가의 중요한 세간살이의 하나였다. 주로 둥글게 만드는데 태극, 꽃, 기하학적인 선과 문자, 물고기, 나비 등의 문양을 새긴다. 수壽, 복福, 강康, 령寧, 다남多男, 부富, 귀貴 등의 문자로 가족의 건강과 행복, 자손 번창과 부자가 되기를 기원하는 마음을 새겼다.

다식의 주재료는 송화, 파란 콩, 오미자, 흑임자, 쌀가루 외 건치, 포육, 광어 등의 동물성 재료로도 만들었다. 차를 마실 때 다과로 먹게 되면서 의례 다식보다 작아졌고 다식판의 문양도 달라졌으며 주재료도 다양해졌다.

떡은 주재료에 따라 멥쌀떡과 찹쌀떡으로 나눈다. 만드는 방법에 따라 친 떡(인절미), 찐 떡(백설기, 시루떡), 빚은 떡(송편), 찍은 떡(절편), 지진 떡(화전, 부꾸미), 삶은 떡(경단) 등이 있고 현대에는 떡으로 케이크를 만들어 집안의 대·소사, 이사, 개업, 축하 선물로 많이 먹는 음식이자 간식이고 다과이다.

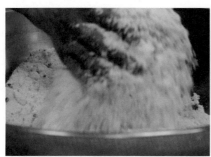 

멥쌀로 만든 백설기

지금은 떡집, 한과전문점이 있어 특별한 날이나 먹고 싶을 때 언제든 주문하여 맛을 보는 시대가 되었다. 그러나 기계화, 단순화된 조리법 등으로 전통의 손맛이 적어져서 아쉽다. 다식을 비롯한 강정류, 약과, 정과, 떡 등은 한국을 대표하는 과자K-Cake가 되기 위한 다양한 연구가 필요하다고 생각한다.

〈표 2-7〉 한과의 종류

한과의 종류	만드는 법	주재료
다식	가루재료를 꿀, 조청으로 반죽 후 틀에 찍어냄	곡물가루(쌀, 밤, 깨, 송화 등)
숙실과	과일을 익혀 다른 재료와 섞거나 조림	밤, 대추, 무화과, 살구
과편	과일을 삶아 체에 걸러 한천에 굳힘	계절과일, 설탕, 한천
매작과, 약과	밀가루를 반죽하여 기름에 지지거나 튀김	밀가루, 꿀, 잣, 생강즙
정과	채소, 뿌리, 견과류 등을 조청에 졸임	사과, 키위, 연근, 도라지 등
엿강정	곡식, 견과류와 엿물을 버무려 만듦	곡식, 견과류

※※※※ 중국의 월병 ※※※※

중국에서 가장 오래된 과자는 3세기 진나라의 찐떡[蒸餠]으로 멥쌀로 밥을 하여 찧어서 반죽하여 만들었다. 이후 고기를 안에 넣어 만들어 연회의 가장 처음에 내어 만두饅頭라 불렀다. '마음에 점을 찍는다'는 딤섬[點心, Dimsum]은 간단한 음식이라는 뜻으로 광동지방에서 먹기 시작했다. 모양과 조리법에 따라 작고 투명한 것은 교餃, 껍질이 도톰하고 폭신한 파오包, 통만두처럼 윗부분이 뚫려 속이 보이는 것은 마이賣라고 한다. 대나무 통에 담아 만두 모양으로 찌거나 기름에 튀기는 것 외에 식혜처럼 떠먹는 것, 국수처럼 말아먹는 것 등 여러 가지가 있다. 속재료는 새우·게살·상어지느러미 등의 고급 해산물을 비롯하여 쇠고기·닭고기 등의 육류와 감자·당근·버섯 등의 채소, 단팥이나 밤처럼 달콤한 앙금류 등을 사용한다. 중국은 코스요리에서 담백한 딤섬을 먼저 먹고 기름진 것을 중간에, 단맛이 나는 것을 후식으로 먹는다. 홍콩에서는 전채음식이나 차와 즐기는 티푸드로 먹는다.

중국의 대표 과자로 불리는 월병月餠, Moon Cake은 중추절에 빠지지 않는 음식으로 둥근 달모양, 정사각으로 빚어 가족과 친척, 가까운 이웃과 나누며 행복을 빌어주는 관습이 있었다.

밀가루에 팥소·견과류·참기름·돼지기름 등으로 만드는데 요즘은 돼지고기, 소고기, 해물, 소시지, 과일, 아이스크림 등의 소를 넣어 만들고 있다. 지역에 따라, 소의 종류에 따라 이름이 달라지는데 캐릭터와 콜라보

월병과 딤섬

하거나 패스트푸드점과 마케팅을 진행하여 북경과 싱가포르의 최고급 호텔, 레스토랑, 우리나라의 백화점에서 명절 선물로 판매하고 있다.

✽✽✽✽➤ 일본의 화과자 ✽✽✽✽

우리가 부르는 화과자는 화花과자가 아니라 일본[和]식 전통 과자菓子로 일본에서는 '와가시wagashi', 네리끼리라 부른다. 에도시대(1603~1867)에 다도문화가 발전하면서 다과의 수요가 크게 증가하였다. 처음에는 밀이나 팥, 쌀 등에서 단맛을 얻었으나 중국에서 흑설탕 수입과 설탕이 생산되면서 고가의 화과자로 발전했다. 멥쌀, 찹쌀, 밀가루, 앙금을 찜기에 쪄서 치댄 후 앙금을 넣어 만든다. 유분이 없고, 쫀득한 맛이 있으며 냉동실에 얼려 먹어도 딱딱하지 않다. 쓰고 떫은맛이 있는 말차를 마시기 위해 단맛이 강한 화과자를 먼저 먹는데, 간식으로만 먹기는 어려움이 있다. 전통적인 일본의 과자는 화과자, 메이지 유신(1867) 이후 서구문화와 함께 들어온 과자를 양과자로 나눈다.

말차와 화과자

일본의 다식은 수분 함량과 보존성에 따라 생과자, 반생과자, 건과자로 나눈다. 생과자生菓子는 수분이 40% 이상인 모찌, 화과자, 떡 등이고 반생과자半生菓子는 수분이 20~40%인 풀빵(야키) 종류인 도라야키, 다코야키와

당고, 만주, 모나카 등이다. 건과자干菓子는 수분 함량이 20% 미만인 양갱, 전병 등이다. 우리가 즐겨 먹는 찰보리빵은 주재료가 보리이고, 도라야키는 주재료가 밀가루로 만든다는 차이가 있다.

영국의 스콘

유럽에서는 밀가루로 구운 과자를 만들었고, 인도의 설탕이 보급되면서 설탕절임과 유제품을 밀가루에 섞어서 구운 과자류로 발전하였다. 15세기 말 아메리카 대륙에서 다량의 설탕·코코아·커피가 유럽으로 들어오면서 다양한 과자로 발전하였고 16세기 중반 프랑스 왕궁에서 지금과 같은 양과자를 먹게 되었다. 양과자는 아침식사와 오후에 차와 먹는 건과자乾菓子, 소스를 사용하거나 틀에 넣어 만든 디저트 과자 등으로 나눈다. 건과자ptisserie · 페이스트리pastry는 케이크류·파이 과자류·튀김 과자류·각종 빵 과자류가 있고, 디저트 과자 entremets · 스위트 디저트sweet dessert 는 냉동과자로 무스·아이스크림·셔벗·몰드 등이 있다. 페이스트리 중 도넛·머핀·핫케이크 등은 주식으로, 비스킷biscuit은 영국에서 발달하여 홍차와 즐긴다.

19세기 애프터눈 티가 유행한 영국인

들이 먹던 크림티와 오이 샌드위치가 있었다. 카페의 브런치 메뉴를 주문하면 3단 트레이에 티푸드가 담겨 나오는데 1층에 샌드위치, 2~3단으로 갈수록 단맛이 강한 스콘, 마들렌, 케익, 마카롱 등이 있으며, 단맛이 적은 것부터 즐긴다.

양과자는 고종 때 러시아 공사관을 통해서 처음 전해졌고, 광복 이후 본격적으로 만들기 시작하였다. 한국과 일본의 과자가 찹쌀과 멥쌀 등 쌀가루로 만든다면 유럽의 과자는 주재료가 밀가루이다. 강력분, 박력분에 달걀·우유·버터·치즈·크림·초콜릿·설탕·향료·과일·꿀·술 등이 들어간다.

대만의 펑리수

펑리수鳳梨酥는 밀가루에 버터, 달걀, 설탕 등으로 반죽한 후 파인애플 잼을 넣어 구운 과자로 대만의 대표 과자이다. 과자에 들어갈 잼은 파인애플 외 과일잼, 동아잼, 견과류조림을 넣기도 하는데 푸석푸석하고 향기로운 껍질에 쫀득하고 달콤한 소가 있어 차와 잘 어울린다. 우리나라의 결혼 이바지 떡처럼 대만도 결혼 예물로 파인애플 펑리수를 예단으로 보내는데 다산을 의미하며 조상숭배 공물의 하나로 여기기 때문이다. 앙증맞은 크기에 달콤한 맛이 있어 여성이 특히 좋아한다. 유통기한이 짧아 구입 후 빨리 먹어야 한다.

2

다과 만들어보기

필자는 그동안 차와 어울리는 다과가 궁금하여 전통떡과 퓨전떡, 제과 제빵, 전통다과 등을 배워보고 차와 같이 먹어보면서 어울림을 찾아보려 하였다. 백화점, 마트, 제과점, 떡집에서 구입할 수 있고, 집에서 간단하게 만드는 과자는 정성이 담겨 있어 함께하는 사람들에게 즐거움을 준다.

녹차와 담백한 다과

1) 다식

재료	찹쌀가루, 송화가루, 흑임자, 청태가루, 녹말가루, 꿀, 소금, 다식판, 랩
만드는 법	· 재료별로 전처리하여 준비한다. 　전처리 : 찹쌀은 불렸다가 증기로 찐 후 말려서 볶고 빻아 체로 쳐 놓는다. 송화는 채취한 후 먼지를 제거한다. 흑임자는 볶아서 가루낸 후 증기로 쪄놓는다. 파란 콩을 볶아서 가루를 내거나 쌀가루에 말차로 색을 내기도 한다. 오미자는 미지근한 물에 하룻밤 정도 진하게 우린 후 그 물을 찹쌀가루나 녹말가루와 섞어 놓는다. · 주재료에 꿀, 조청, 물엿, 시럽 등을 넣고 반죽한나. 소금을 조금 넣어 감칠맛을 살리고 참기름을 약간 넣으면 고소하다. · 다식판에 랩을 깔고 틀 안에 반죽을 넣어 꼭꼭 누르면 선명한 다식이 된다.

녹차와 어울리는 다과

2) 화전

재 료	찹쌀가루, 진달래꽃 또는 식용 꽃, 식용유, 시럽, 소금 약간, 뜨거운 물
만드는 법	· 꽃잎을 씻어 물기를 제거한다. 다른 꽃을 쓸 경우 적절한 크기로 잘라 놓는다. · 찹쌀가루는 뜨거운 물로 반죽하여 물 적신 보자기로 덮어 놓고 밤 크기로 떼어 화전 모양으로 빚고 고명 장식한다. · 달궈진 후라이팬에 지져낸 후 뜨거울 때 꿀이나 시럽에 담갔다가 꺼낸다. 시럽이나 꿀이 없으면 설탕을 뿌린다.

말차와 달달한 다과

1) 양갱

재 료	흰앙금 250g, 한천 4g, 단호박 1/8, 물 1컵, 물엿 1/2T, 소금약간, 밤, 호두 약간
만드는 법	· 한천을 미지근한 물에 20분 불린 후 소금을 넣어 투명하게 끓인다. · 설탕을 넣어 녹인 후 흰앙금을 넣고 약불에서 골고루 저어준다. 단호박을 풀어 앙금이 눈지 않도록 풀어준 후 서서히 끓인다. · 거의 졸여지면 물엿을 넣고 조금 더 끓여준 후 밤, 호두 등을 넣어 틀에 굳힌다.

2) 도라야키/팬케이크

재 료	박력분 160g, 설탕 100g, 물엿 30g, 우유 70g, 버터 20g, 달걀 2개, B · P 5g, 바닐라에센스 약간, 팥앙금
만드는 법	· 달걀, 설탕, 물엿을 체친 밀가루와 섞은 후 우유와 버터를 중탕하여 반죽한다. · 달군 팬에 적당한 크기로 얇게 펴서 앞뒤로 구워준 후 식힌다. · 식힌 빵에 팥앙금을 도톰하게 바른다. 시간이 지나면 더 촉촉해진다.

3) 딸기 찹쌀떡

재 료	춘설앙금 250g, 딸기 10개, 멥쌀 28g, 찹쌀 8g, 박력분 15g, 설탕 45g, 녹말가루
만드는 법	· 춘설앙금 250g, 멥쌀, 찹쌀, 박력분을 섞어서 치댄 후 여섯 개의 덩어리로 분할하여 찜기에서 40분 찐다. · 찐 것을 꺼내서 설탕을 넣어 치댄 후 냉장고에 1시간 휴지한다. · 25g씩 반죽을 나눠서 동그랗게 빚고 딸기를 넣은 후 오므린다.

말차와 어울리는 다과

우롱차와 고소한 다과

1) 차엽단

재 료	달걀 10개, 건표고버섯 2개, 계피 5g(5cm 1~2조각), 홍차 15g, 소금 1/2ts
만드는 법	· 달걀을 씻어 6분 삶아 2분 뜸들였다 꺼내서 칼등으로 쳐서 금을 가게 한다. · 소금을 넣고 물을 달걀이 잠기게 붓고 계피와 건표고버섯, 홍차를 넣고 끓인다. · 끓으면 낮은 온도에서 20분 더 끓인다. 정향, 팔각, 후추 등을 추가한다.

2) 월병

재 료 (12개 분량)	중력분 80g, 아몬드가루 46g, 버터 · 설탕 12g, 계란 30g, 소금 ½ts, 틀, 물엿 30g, 소(적앙금 215g, 견과류 30g), 달걀물(노른자 1, 물 ½ts)
만드는 법	· 실온상태에서 버터를 풀고 설탕과 소금을 넣고 다시 풀어준 후 물엿과 계란을 넣으면서 휘 핑한다. · 휘핑한 것에 중력분과 아몬드가루를 체에 쳐서 가볍게 자르듯이 섞어준다. 적당히 덩어리 가 되면 손으로 한 덩어리를 만든 후 냉장고에서 1시간 이상 휴지한다. · 앙금에 들어갈 견과류를 오븐이나 전자레인지에 구워서 고소한 맛을 낸다. 팥앙금에 견과 류를 섞은 후 20g씩 소분하고 냉장고에 휴지한다. · 월병반죽 20g을 밀대로 적당히 얇게 편 다음 앙금소를 감싼 후 반죽이 도톰한 쪽을 문양 틀에 찍어낸다. · 160도에서 8분 구운 후 달걀물을 붓으로 얇게 2~3회 발라주고 9분 정도 굽는다. · 완전히 식힌 뒤 밀폐용기에 담아 3일 정도 숙성시키면 맛이 좋아진다.

3) 펑리수

재 료	박력분 150g, 버터 130g, 탈지분유 40g, 소금 1ts, 달걀노른자 1개(20g), 비닐장갑 파인애플 200g, 설탕(파인애플과 동량), 꿀 2~3T, 버터 3g, 쿠키커터
만드는 법	· 파인애플 과육은 잘게 다지거나 손으로 찢어서 약한 불에서 설탕을 넣어 중불에서 조린다. 다 졸여지면 버터를 약간 넣어 한 번 더 졸여준 후 불을 끈다. · 버터를 휘핑 후 설탕을 넣어 섞어주고, 계란을 2~3회로 나눠서 넣으면서 휘핑한다. · 휘핑한 것에 체에 내린 박력분을 나눠서 가볍게 섞어준다. · 반죽이 되직하게 되면 냉장고에서 휴지(1시간)후 25g씩 분할하여 파인애플 앙금 12g을 넣 고 동그랗게 만들어 쿠키커터나 틀에 채운다. · 오븐을 예열하여 180도에서 15분 굽는다. 식은 후 틀에서 꺼낸다.

보이차와 든든한 다과

1) 밤초

재료	밤 30개, 당근 1개, 설탕 12T, 꿀 8T, 계피가루 약간, 소금 약간, 잣가루 약간
만드는 법	· 밤은 껍질을 벗겨서 물에 담궈 놓고, 당근도 밤 크기로 잘라 놓는다. · 물이 끓으면 소금을 넣고 밤을 살짝 데쳐내어 다시 냄비에 당근과 밤이 잠길 정도의 물을 붓고 설탕을 넣어 불에 올려 끓인다. · 끓어오르면 불을 약하게 줄이고 거품을 걷어낸다. · 설탕물이 조금 남으면 꿀을 넣어 조린 후 계피가루를 소량 넣어 고루 섞어 그릇에 담고 잣 가루를 뿌린다.

2) 보니밤

재료	밤 30개, 베이킹 소다 2T, 설탕(밤 무게의 ⅓), 와인 2T, 간장 2ts

만드는 법	· 뜨거운 물에 밤을 10시간 불려서 겉껍질만 깐다. 그냥 까면 속껍질이 다치고 나중에 터질
	  수 있다.
	· 떫은맛을 없애기 위해 베이킹 소다를 넣고 하루(10시간)를 둔다.
	· 베이킹 소다를 넣은 밤을 약불로 30분 끓여서 찬물에 헹구고 다시 끓여서 찬물에 헹구기를
	  3번 하면 밤의 표면에 광이 난다.
	· 중간껍질 사이에 있는 가는 심지를 이쑤시개로 떼어낸다.
	· 밤이 잠길 만큼 물과 설탕과 간장을 넣고 졸인다.
	· 다 졸아들면 와인을 넣은 후 공병을 소독해서 담는다.

3) 딤섬

재료	찹쌀 3컵, 따뜻한 물 ½컵, 두부 ½모, 다진새우 ½컵, 다진마늘 1ts, 다진파 1T, 청주 1T, 굴소스 1T, 녹말가루 2T, 소금과 후추 약간, 돼지기름
만드는 법	· 찹쌀, 소금, 돼지기름을 넣어 익반죽하여 새알처럼 빚은 후 딤섬피를 만든다. · 두부, 다진 새우, 다진 마늘, 다진 파, 청주, 굴소스를 넣어 섞어서 소를 만든다. · 딤섬피에 소를 적당히 올려서 주머니 모양으로 주름을 잡아 빚는다. · 김이 오르는 대나무 찜통에 면보를 깔고 6분 찐다.

❀❀❀ 홍차와 촉촉한 다과 ❀❀❀

1) 스콘

재 료 (6개 분량)	강력분 140g, 박력분 150g, 베이킹파우더 8g, 버터 100g, 설탕 50g, 생크림 60g, 럼 14g, 소금 2g, 크랜베리 50g, 호두 33g, 달걀 노른자 2개, 바닐라 에센스
만드는 법	· 밀가루, 베이킹파우더, 설탕, 소금은 체로 친다. · 버터는 스크래퍼로 1cm 크기로 잘라 밀가루와 섞는다. · 견과류는 뜨거운 물에 담갔다가 바로 망에 걸러 럼주에 섞는다. · 달걀을 제외한 모든 것을 스크래퍼로 버터가 녹지 않게 빠르게 반죽한다. · 비닐에 싸서 냉장고에 1시간 휴지 후 꺼내 2cm 두께, 사방 5cm로 잘라서 달걀 노른자를 붓으로 바른 후 예열한 오븐에 190도로 20분 굽는다.

2) 마들렌

재 료 (10개 분량)	흰자 52g, 설탕 83g, 꿀 3g, 물엿 9g, 소금 1g, 계란 53g, 아몬드분말 50g, 베이킹파우더2g, 박 력분 58g, 치아씨드 20g, 버터 93g
만드는 법	· 가루는 체쳐서 혼합한다. · 흰자, 설탕, 계란, 꿀, 물엿, 소금은 중탕한다. · 중탕한 것과 버터를 녹인 것과 가루를 섞어서 혼합한다. · 하루 동안 휴지하였다가 150도에서 12분 굽는다.

3) 카스텔라

재 료 (5개 분량)	계란 4개 + 노른자 1개, 박력분 120g, 설탕 110g, 꿀 30g, 포도씨유, 럼주15g, 바닐라에센스 1ts, 소금 1ts
만드는 법	· 가루는 체를 쳐서 혼합한다. · 설탕, 꿀, 물엿, 소금은 중탕하여 버터를 녹인 것과 가루를 섞고, 노른자를 조금씩 혼합한다. · 흰자로 머랭을 만든 후 반죽에 1/3씩 넣으면서 가볍게 섞어준다. · 시트지를 깔고 반죽을 부어주고 탕탕 치면 반죽이 고르게 되고 거품이 깨진다. · 170도에서 12분 굽는다.

마들렌 · 스콘 · 카스텔라

　　홍차용 다과로는 담백한 크래커에 잼을 바르고 견과류를 올려 간단한 카나페를 만들기도 하고, 식빵, 바게트, 너츠 브레드 등에 치즈를 발라 이용하기도 한다.

4) 말차잼

재 료	말차 40g, 우유 600㎖, 생크림 400㎖, 설탕 100g, 레몬즙 약간, 소금 1ts
만드는 법	· 우유, 생크림과 체로 친 말차를 넣어 섞은 후 끓인다. · 끓으면 불을 줄이고 설탕을 조금씩 넣는다.(한꺼번에 넣지 않는다) · 잼의 농도가 되면 레몬즙과 소금을 넣어 한 번 저어주고 불을 끈다.

5) 오렌지 필

재 료	오렌지 5개, 설탕 200g, 물 200g, 소금 1ts
만드는 법	· 오렌지는 베이킹 소다와 소금, 식초물로 씻어서 껍질을 벗긴다. · 끓는 물에 3번 정도 데친 후 흰 부분을 제거하여 1cm 정도 굵기로 썰어 놓는다. · 설탕과 물을 넣고 시럽을 만든 후 오렌지를 넣고 조린다. · 식으면 병을 소독한 후 담는다.

6) 리코타 치즈

재 료	우유 900㎖, 생크림(무가당) 500㎖, 레몬 2개, 소금 ½T, 설탕 ½T, 플레인요거트 40㎖
만드는 법	· 우유와 생크림을 냄비에 넣어 약한 불로 끓지 않게 데운다. · 레몬즙과 설탕, 소금을 섞어서 데워진 우유와 생크림에 넣고 약한 불에서 데운다. · 플레인 요거트를 넣어서 같이 데우면 40분~1시간 후 유청이 분리된다. · 볼에 면보를 깔고 체에 올려 2~3분 정도 수분을 제거한다. · 냉장고에 넣으면 단단한 리코타 치즈가 된다.

차를 마시는 데 필요한 다과는 꼭 무엇이라고 정해진 것이 아니다. 다만 식사인지 찻자리인지에 따라 적절한 티푸드와 다과를 한 번 생각해보고, 손수 만들 수 있다면 차가 더 맛있고 즐거운 다담을 나눌 수 있으니 이것이 바로 소확행이다.

잼과 오렌지 필

Ⅲ

마음이 행복해지는 티 테라피

힐링Healing이란 육체에 기분 좋은 자극을 주어 정신을 안정시키고 마음 깊은 곳에 억압되어 있는 감정을 발산시키는 행위 및 과정을 말한다. 인간의 정신적·신체적 상태가 회복되는 것을 말하며 치유治癒, Therapy라고도 한다.

명상meditation은 '눈을 감고 고요히 생각하다.', '깊이 생각하다', '계획하다', '묵묵히 생각하다' 등의 뜻으로 서양에서는 명상, 동양의 요가·좌선과 같이 조용한 곳에서 정신을 강하게 만드는 정적靜的인 건강 운동을 말한다. 명상할 때 자신의 욕구를 내려놓고 생각을 멈추고 마음을 비운상태가 되도록 해야 하는데 또렷하게 깨어 있어야 한다. 싫고 좋은 것을 판단하지 않고 깨어 있는 상태를 성성적적惺惺寂寂이라 말한다. 마음을 자연스럽게 안으로 몰입하여 산란한 생각이 적어지면 심신이 편안해 지는데 묵상默想·참선參禪 등 종교적 수행으로 해석해왔다.

요즘은 외로움, 고독감, 스트레스 해소를 위한 한 방법으로 명상을 한다. 자신의 마음에 집중하거나 대상을 관찰하는 등 다양한 방법으로 명상을 하는데, 차를 주제로 한 '티 테라피', '차 명상', '차훈 명상' 등은 내면의 감성을 살리고 행복한 상태, 평화로운 마음자리를 돕는다. 이목李穆 또한 다심일여茶心一如의 경지에 이를 수 있다는 사상을 제시하였는데, 자연속에서 마시는 한 잔의 차로 마음을 돌아보는 즐거움을 차생활을 통해 얻으려 한 것이다. '오심지차吾心之茶'는 내 마음의 근육을 키워주는 티 테라피의 다른 이름이다.

1

스트레스와 명상

과거보다 생활은 안락해졌으나 마음이 쉴 자리는 점점 적어지고 있다. 현대인의 질병 중 70%는 신경성에서 비롯된다는 통계가 있다. 일에 집중하거나 신경을 쓰다보면 신체에 부정적인 영향을 미치게 된다. 복잡하고 빠르게 변해가는 현대 사회에 맞추어 살아가는 현대인에게 스트레스는 일상이 되었다.

스트레스를 적절히 내보내지 못하면 '마음의 병'에 시달리게 된다. 스트레스를 받는다고 바로 병원을 찾거나 상담사를 만나지 않는다. 몸에 심각한 이상 신호가 와야 멈추게 된다.

한국인의 스트레스 지수

한국인의 스트레스 경험은 OECD 국가 중 최고 수준이다. 일상에서 스트레스를 '자주' 혹은 '때때로' 느낀다고 답한 사람은 81%, 업무 중 스트레스를 느낀다고 답한 사람은 87%였다. 이는 미국이나 일본 등 OECD 평균인 78%에 비해 매우 높은 수치이다. 자살하는 사람의 80%는 우울증이 원인인데 OECD 국가 중 우리나라가 1위이다. 빠른 경제 성장으로 선진국에 진입하긴 했으나 그동안 정서 돌봄의 부재로 일어난 사회현상이라 진단하기도 한다. 자신의 감정을 조절하지 못하는 문제행동도 스트레스가 주원인이다. 편안한 일상이 되지 못하는 증세는 심리적인 요인에서 출발하지만 신체와 행동으로 나타난다. 이러한 만병의 근원인 누적 스트레스는 단기와 장기로 나눠 볼 수 있다.

우리는 건강한 생활을 위해 좋은 음식을 먹고, 운동을 하고, 몸이 아프면 병원에서 치료도 받는다. 반면 정신적으로 지치거나 상처를 받으면 삶의 의욕이 떨어지고 무기력해지고 몸도 아프다고 느끼는데 바로 '그만 하자'고 자신에게 말하는 사람은 많지 않다.

1) 단기 스트레스

도전하고자 하는 의지는 있으나 뜻대로 되지 않을 때 불안, 초조, 짜증 등을 느낀다. 이럴 때 자신의 탓으로 돌려 비난하지 않고 가장 먼저 무엇을 해야 하는지 스스로에게 질문하는 노력이 필요하다. 그러나 이것은 말처럼 쉬운 일이 아니다. 먼저 몸의 긴장을 풀고, 내 안의 부정적 감정을 긍정적 기분으로 만들어야 한다. 의도적으로 하든, 누군가의 도움을 받아 하든 순기능적 스트레스로 바꿔야 한다.

2) 장기 스트레스

단기 스트레스를 내버려두면 인체의 기능이 현저히 떨어진다. 또한 심각한 질병으로 이어질 수 있으며 장기 스트레스로 이어지면 우리에게 아주 위험한 보이지 않는 적이 된다.

무력감으로 몸이 아프거나 심한 경우 돌연사가 일어나기도 하는데 이런 현상은 자신에게 요구되는 직무를 무리하게 수행하려는 강제적 사고나 행동에서 비롯된다.

3) 스트레스가 주는 질병

일반적으로 몸이 건강하지 않은 사람은 생리적 반응성physical reactivity이 높은 것으로 나타난다. 생리적 반응이란 심박, 혈압, 스트레스 호르몬 증가 등 스트레스원에 대한 반응이다. 하루 주기로 나타나는 신체 리듬은 직장과 가정에서 생기는 스트레스가 몸과 마음의 상호작용 관계에서 나타나는 결과물이다.

스트레스를 지속적으로 받으면 몸과 마음이 아프고 누적 스트레스가 쌓여 회복 불능 상태의 질병에 이르게 된다. 대개는 10분 내에 부교감이 몸의 균형을 잡아준다. 그러나 스트레스가 아주 심하거나 오래 지속되면 2차적인 스트레스 호르몬이 나오고 신체기관에 이상이 생기기 시작한다. 소화기관의 활동이 억제되어 소화불량, 위염, 위궤양, 과민성대장증상, 변비 등이 생길 수 있고, 심하면 고혈압과 심장이 악화되기도 한다. 결국 신체가 느끼는 스트레스는 머리, 심장, 소화기, 근육, 손과 피부, 폐 등에서 광범위 하게 나타난다.

스트레스에는 명상

명상은 원래 동양의 정신문명 또는 종교 의식에 그 뿌리를 두고 있으며, 깊은 이완을 통해 뇌의 전기적 특성, 즉 뇌파를 전환시켜 스트레스를 극복하는 방법이다. 그러나 오늘날 전 세계적으로 명상이 중요해지고 실천하는 사람들이 늘어나는 이유는 명상수련을 통해 정신적·신체적으로 도움이 된다고 느낀 사람이 많기 때문이다.

최근 과학자들은 명상이 뇌 활동에 직접적으로 영향을 미친다고 발표하였다. 불안, 우울, 긴장과 같은 스트레스와 심한 공포 속에 노출되어 있을 때 우측 전두엽의 뇌피질 부위와 편도체라는 뇌 부위에서 코티졸cortisol이라는 스트레스 관련 호르몬이 분비되는데, 이 호르몬이 지속적으로 분비되면 체중 증가와 같은 부작용이 생긴다. 명상을 하면 스트레스 관리 능력이 향상되고 심리적으로 안정감을 느끼게 된다. 명상 후 나타나는 신체의 변화에 대한 연구 결과는 다음과 같다.

1) 신체의 변화

명상을 하면 혈압이 내려가고 심장박동이 느려진다. 두통이 줄어들고 깊은 수면에 들게 되며 세로토닌serotonin의 분비가 증가한다. 월경 전 증후군이 경감되고, 체중 조절에 도움을 준다. 각종 통증이 줄고 노화가 늦춰지며 치매를 예방한다. 또한 알코올과 흡연, 기타 약물에 대한 의존심이 줄어들고 면역기능이 강화되어 치유를 촉진한다.

2) 정서적·심리적 변화

명상을 하면 집중력과 기억능력이 향상되어 학습 증진과 창의성 발현에 도움이 된다. 자신의 문제를 객관적으로 볼 수 있고 인간관계가 개선되며, 큰 틀에서 사물을 보게 된다. 또한 자신감과 의지가 강해지고 불안이나 공포가 줄어들어 공격성이 감소된다. 또한 매일 매일 지속되는 긴장감과 불안감, 집중력을 요하는 직장인의 직무 스트레스를 완화시킨다.

스트레스를 줄이는 방법 중의 하나는 카페인을 줄이는 것이다. 카페인을 많이 섭취하면 스트레스 반응을 유발하는 강력한 자극제가 되어, 불안, 초조, 불면 및 근육통, 긴장감을 유발할 수 있다. 스트레스는 긴장된 각성 상태의 가벼운 운동을 통해 외부로 분산시키는 것이 좋다.

매일 충분한 수분 섭취와 수면이 체온 유지, 혈액순환, 소화 등을 정상적으로 이루어지게 한다. 일상생활에서 차는 물 다음으로 많이 마시는 음료로 보건음료라 말한다. 몸에 좋은 차를 마셔서 수분 공급과 신진대사를 통해 혈관을 맑고 깨끗하게 유지하는 등 여러 가지 질병과 성인병을 미리 예방할 수 있다.

3) 생활 속의 명상

스트레스는 기분 나쁜 감정으로, 오랫동안 컨디션에 영향을 준다. 가장 좋은 방법은 빨리 그 기분, '화Anger'의 상태에서 벗어나려고 하는 것이다. 『명상이 이렇게 쓸모 있을 줄이야』에서 명상을 통한 집중력과 정신적 균형감각, 사고의 유연성을 기르는 방법을 제시하고 있다. 명상하기 전에 '나는 누구인가?', '내가 진정 원하는 것은 무엇인가?', '내 인생의 목적은 무엇인가?' 등 자신에게 질문하는 것이 그 방법이라고 말한다. 명상하면서 평화·조화·웃음·사랑의 네 개 단어를 반복하면서 의식을 집중하는 방법을 제시한다. 또 '감사합니다', '사랑합니다', '용서하세요', '미안합니다'를 반복하면서 자신의 마음을 다른 대상에게 긍정적인 메시지로 전달하면서 나쁜 감정을 없애는 명상을 권한다. 이것은 하와이 원주민들에게 전해 내려오는 '호오포노포노Hóoponopono법'으로 나쁜 기억을 없애고 마음을 정화하는 명상의 한 방법이다.

세도나 메소드Sedona Method법은 자신에게 다섯 가지 질문을 하면서 현재 자신의 감정상태 알아 차리기, 부정적인 감정을 정리할 것인지를 자신에게 물어서 외부로 감정을 흘려보내는 방법을 제시하고 있다. 꾸준히 하다보면 자기 탐험과 치유, 자기 혁명과 기적이 이루어진다고 헤일도스킨도 세도나 메소드법을 추천하였다. 원치 않는 감정이라면 어떤 것도 흘려보낼 수 있는 능력을 키우는 방법으로 다섯가지 질문을 자신에게 하는 것이다. 잠들기 전에 하는 질문이 특별하거나 어렵지 않으니 따라해봐도 좋겠다.

1. 이불 속에서 편안히 누워 눈을 감고 내면으로 시선을 향한다.

2. "지금 느끼는 감정을 받아들이고 감정이 거기에 있도록 허용할 수 있어?"라고 자신에게 물어본다.

3. "잠시라도 좋으니 이 감정을 내려놓을 수 있어?"

4. "이 감정을 흘려보낼 거야?"

5. "언제 흘려보낼 거야?"

2

차를 마시면 정신건강에 도움이 될까?

성성적적과 적적

학술지 《네이처》의 과학 에세이 기사에서 "스님들은 명상을 통해 '성성적적惺惺寂寂'의 경지, 즉 의식이 맑게 깨어 있으면서도 마음이 고요한 상태를 추구하는데, 차를 마시면 그런 효과를 볼 수 있다. 반면 커피를 마시면 '성성'의 상태가 될 뿐이다. 그러나 이 이야기는 속설이지 과학은 아니다"라고 했다. 그러나 이후 연구자들이 '적적'의 효능을 증명하였다.

2007년 런던대학의 앤드류 스텝토 교수는 두 그룹으로 나눠 진짜 홍차와 가짜 홍차를 하루 네 잔씩 6주 동안 마시게 한 후 스트레스 과제를 시켰다. 진짜 홍차를 마신 그룹은 스트레스 호르몬인 코티졸 수치가 47% 줄었고, 과제 수행 후 더 편하게 느끼는 반면 가짜 홍차를 마신 그룹은 27% 줄었다. 일반적으로 이완 상태가 되면 후두엽의 알파파alpha波 활성이 높아지고 주의집중을 하면 베타파beta波가 늘어난다. 그러나 차를 마시면 이완 정도와 비례하는 알파파와 세타파theta波도 늘어나는 결과가 나왔다. 이것은 홍차를 마시면 마음이 이완되면서 집중력이 좋아지는 세타파 상태, '성성적적'의 효과가 있다는 것을 의미한다.

　2019년 경희대 동서의학대학원은 녹차 속의 카페인이 가진 우울증 예방 여부를 연구했는데, 일주일 동안 녹차를 석 잔 이상 마시는 그룹이 전혀 마시지 않는 그룹에 비해 우울증을 경험한 비율이 21% 낮았다. 녹차와 커피의 카페인은 본질적으로 다르며, 녹차가 '적적'을 돕는 것을 확인한 것이다.

　카페인은 몇몇 식물이 만드는 2차 대사물질이다. 2차 대사물질secondary metabolite은 광합성이나 성장 등 기본 기능 외에 식물이 방어 등의 목적으로 생산하는 물질이다. 그런데 차에는 카페인뿐 아니라 카테킨과 테아닌이라는 2차 대사물질이 있다. 말린 찻잎에는 폴리페놀인 카테킨의 함량이 최대 42%로 떫은맛을 낸다. 건조한 찻잎에 있는 3% 정도의 테아닌은 감칠맛을 내는데 진정효과와 신경보호 작용을 한다.

차 꽃과 열매　　　　　　　　　　　　　　　　　　　　　　찻잎

차 명상이 주는 마음의 고요

전통적으로 명상은 보다 높은 이완 상태에 도달하기 위한 의식적인 훈련으로 참선의 한 방법이었다. 그러나 지금은 스트레스 받은 몸을 이완하거나 심리 치료를 위해 활용되고 있다. 명상은 하나의 대상에 몰입하는 명상과 대상을 관찰하는 명상으로 구분한다. 또한 매체를 활용하거나 표현을 통해 괴로움의 증상을 잊기도 한다.

1) 삼매 명상

삼매 명상concentration meditation, 혹은 사마타samatha는 하나의 대상에 몰입하여 자신을 잊게 하는 방법으로 괴로움의 증상을 없애는 명상이다. '멈춤'과 '집중'을 통하여 자신을 돌아보는 명상법이다.

2) 통찰 명상

통찰 명상insight meditation은 위빠사나vipassana 혹은 마음챙김mindfulness 명상이라고도 한다. 대상을 사실적으로 관찰하여 대상에 부여하는 가치를 바꾸어 스트레스를 줄이는 명상이다. '깊이보기'를 통해 고통의 원인을 제거하여 마음챙김을 한다.

3) 매체 명상

차, 색상, 기물들을 이용하여 명상하는 차명상, 색채명상 등이 있다.

4) 표현 명상

만다라, 음악, 춤, 울기, 웃기 등을 명상에 적용하여 자신을 잊게 하는 방법으로 괴로움의 증상을 없애는 치유적인 명상을 말한다.

1980년 미국의 정신과 의사 존 카밧진Jon Kabat-Zinn은 "마음챙김 명상은 현재의 순간에 주의를 집중하는 능력으로 의도적으로 몸과 마음을 관찰하고 순간순간 체험한 것을 느끼고 있는 그대로 받아들이는 과정"이라 하였다.

티 테라피는 차를 매체로 한 매체 명상으로 구분할 수 있으나 차를 준비하고 우리고 음미하는 과정에서 '마음챙김 명상'이 되고, 특정한 주제나 대상에 대해 주의를 집중하는 '삼매 명상'이 된다. 이렇듯 티 테라피는 위에서 구분한 명상의 한 종류로 구분되지 않으며, 차명상, 차훈명상 등 유사성이 있는 차생활처럼 보이지만 명상 과정은 대상과 기물, 매체에 따라 달라진다.

차명상은 심신의 치료적 관점에서 볼 때 사람들과 차를 함께 마시는 단순한 행위만으로도 마음을 다스리고 나눔과 화해의 기초가 된다. 차생활은 신체적 정신적 건강의 조화를 이루면서 단순한 생각의 변화로 누구나 쉽게 실천할 수 있게 하고, 차명상은 현대인들의 만병의 근원인 누적 스트레스의 고통에서 몸과 마음의 건강을 지켜줄 수 있다. 내 마음을 안아주는 짧지만 소중한 시간, '나를 위한 차 한잔'은 내 안의 고요를 만나는 소확행이다.

3

티 테라피 해보기

차는 명상하기에 좋은 도구(매체)로 차를 마실 수 있는 곳이면 어디서나 명상이 가능하다. 물을 끓여 우려낸 차는 몸과 마음에 맑은 기운을 준다. 물이 끓는 소리, 다관에 닿는 감촉, 찻물 따르는 소리, 찻잔에 닿는 느낌, 차를 마실 때의 기분, 뜨거운 차 김이 얼굴에 닿는 촉감, 차향을 맡을 때 마음의 변화 등을 살핀다. 차를 마시면서, 다훈 하면서 그때그때 느껴지는 마음을 '알아차림'이라 한다. 찻자리에서 느낄 수 있는 다양하고 풍부한 감각의 세계는 마음을 쉽게 지금 이 순간에 머물게 한다. 생각을 멈추고 고요해지는 마음자리를 바라보는 동안 편안함을 느끼고 집착하지 않게 된다.

차 명상은 예술 테라피

예술은 사람의 깊은 내면의 세계와 정신의 깊은 곳까지 탐색할 수 있는 의지와 힘을 길러준다. 선과 악, 좋은 것과 나쁜 것 등의 태도보다 통합적 존재라는 신념을 갖게 한다. 예술활동을 통해 전인격적 통합이 몸과 마음의 조화를 이룬 상태가 되는데 '차'라는 매체가 예술과 만나면 예술 테라피art therapy가 된다. 미술치료, 음악치료 등 광범위하게 쓰이는 예술 테라피는 차를 우리고 마시는 과정이 음악 및 춤과 만나는 행위예술로 무대화하였다. 한국창작음악연구회와 차회는 '차와 우리 음악의 다리 놓기 – 다악'을 예술 테라피로 공연하였다. 1998년부터 10년간 '다악茶樂'이라는 새로운 예술 장르는 차를 마시는 데 필요한 음악이 아닌 표현예술의 하나였다. 지친 몸과 마음을 위로하기 위한 다악은 다예茶藝를 선보이는 차인과 우리 음악이 오감으로 즐기는 계기를 만들었고 국악이 지루하고 다도가 어렵다는 기존의 관념을 예술 테라피로 승화시켰다.

다악이 언제부터 시작되었는지 정확하지 않으나 차문화가 융성했던 송나라의 '투다'나 고려의 '다례' 등으로 짐작할 수 있다. 편안한 호흡으로 차를 우릴 수 있는 느린 음악, 거문고와 음역이 높지 않은 정악과 서양 음악을 접목하고, 시·서·화, 풍류가 차와 어우러지는 표현예술이 테라피가 되었고 이후 명상음악으로 발전하게 되었다.

매체를 활용한 차명상은 자신을 돌아보는 것을 돕고 내적 능력을 계발하게 한다. 좋은 습관으로 자신의 몸과 마음을 가지런히 하고, 불안과 두려움과 공포에서 본래 상태가 되게 한다.

차명상의 하나인 '이야기 명상'은 적절한 경청과 반영, 자기 노출을 통해 대인 관계를 향상시키고, 도움이 필요한 이들에게 최적화된 상태가 되게 한다. 자신에 대한 긍정적인 정서를 토대로 주변 관계가 좋아지고 적극적인 의사결정을 돕는다. 또한 자기 안의 본기능을 회복시켜 행복한 삶을 영위할 수 있는 에너지가 생긴다.

1) 차와 차 도구를 '매체'로 활용한다

사람과 사람 사이에 차가 놓이면 함께 한 사람의 몸과 마음에 변화가 생긴다. 차를 준비하는 일련의 과정 속에서 수 없이 많은 생각과 감정이 차연茶煙 속에서 춤을 춘다. '차를 마시자'는 표현에 '정담情談을 나누자'는 의미가 있어 자연스럽게 '본래 마음'을 알게 되는 것이다.

2) 찻잔의 모양과 향기, 맛, 색에 따라 그 순간의 마음 상태가 반영된다

찻잔은 사람의 몸이고, 차는 사람의 마음으로 지금 여기에 있는 자신의 마음을 읽을 수 있다. 내 마음이 어떤지, 어떤 감정인지의 진단은 치유 작업과 병행되어 매체의 기능을 완성한다.

차명상은 함께 마시는 사람과 친밀감을 높여준다. 이런 친밀감은 한두 번의 체험으로 생기지 않는다. 여러 번의 차명상은 정서적 안정감을 느끼게 되고, 라포Rapport가 형성되면서 저절로 마음의 문이 열린다.

티 테라피의 종류

'다도 명상'은 차를 마시기까지의 다례를 경험하는 자신을 관찰하며 신체적·정신적·정서적·사회적 행동의 변화를 느끼는 것을 말한다.

'차명상'은 차를 마시는 행위와 명상을 함께하는 것이다. 차를 마시면 졸음을 방지하여 머리를 맑게 하고 기억력을 증진시켜 공부와 정신 수행에 도움이 된다. 근심과 울분을 없애주고 마음을 안정시키며, 정서적으로 여유를 갖도록 돕는다.

티 테라피와 명상 도구

마음을 돌보는 차생활은 차를 우리는 예법, 다양한 체험 프로그램으로 극대화하여 차를 마시기까지의 행위를 경험하는 일련의 의례Ritual를 포함한다. 혼자 차를 마시며 차

도구와 소통하며 대상에 집중하고, 타인과 함께 차를 마시며 정신적으로 소통하는 체험 의례로 마음이 편안해짐을 스스로 알게 된다.

이렇듯 차 매체를 활용한 차명상은 다도명상, 다예, 티 테라피 등으로 불리며, 자신을 돌아보고 불안과 두려움과 공포가 없는 본래 상태로 만들어 행복한 생활을 돕는다.

다훈 명상

히사마츠 신이치는 『다도의 철학』에서 "다도는 일상생활에서 청소나 식사와 같이 사소한 것부터 인간의 생활에 가장 깊고 높은 문화에 이르기까지 넓은 영역을 차지하고 있고 종교 영역까지 이른다. 다도는 예술과 도덕 방면까지 연결되어 있으며 하나의 체계를 이룬다. 근본을 아는 것과 잡념 없이 물을 끓여 차를 우려내어 마시는 것이 일체불이—體不二이다"라고 하였다.

장원의 『다록』에는 차를 혼자 마시는 것을 '신神'이라 하여 최고의 경지라 하였고, 유일한 벗은 백운白雲과 명월明月이라 하였다. 조선시대 추사 김정희는 당나라 황정견의 글을 인용하였다.

'정좌처 다반향초 묘용시 수류화개靜坐處 茶半香初 妙用時 水流花開'

고요히 앉아 차는 반쯤 마셨는데 향기는 처음과 같았다는 그 자리, 물이 흐르고 꽃이 피는 자연속에서 느끼는 고요한 시간 속에 있는 자신을 '묘용'이라 하였을까? 성현들은 차의 약리적인 기능, 심신의 정서안정 상태를 체험으로 알았을 것이다.

차명상은 현대 사람들의 환경을 고려하고 이들에게 적절하게 다가가며 명상을 유도하기 때문에 현실적이고 효과적이다.

차가 자연스럽게 명상에 이르는 것은 차와 명상의 심리적 연동효과가 뛰어난 것을 말하는데 그것은 차의 데아닌 성분으로 차를 마시기만 해도 알파파 상태가 만들어지기 때문이다. 차를 즐겨 마시고 알파파 상태가 되는 반복적인 체험으로 명상에 필요한 마음자리가 만들어진다. 이러한 차명상은 차를 우리고 마시는 과정에서 오기 때문에 자주 명상의 효과를 체험하고 그 상태를 지속시키는 것이 중요하다. 이렇듯 차와 차생활을 통해 명상이 자연스럽게 몸에 체득되는 힘이 생긴다. 단순히 차를 마시는 것처럼 보이지만 자연스럽게 일상을 살아가는 데 삶의 질을 높이고 생활 속 수행을 도와준다.

✦✦✦✦✦ 차명상 체험 ✦✦✦✦✦

1) 명상 환경 만들기

장소와 시간, 차와 찻그릇 등을 적절하게 준비하여 효율적인 차명상 체험이 되도록 한다.

(1) 장소 : 집에서 한다면 조용한 방, 차명상에 필요한 도구 이외 다른 것을 놓지 않는다.

(2) 시간 : 아침에 세수나 샤워 후, 귀가 후 가볍게 씻고 명상한다. 취침 전의 명상은 숙면을 돕는다. 명상 전·후에 따뜻한 차를 마신다.

(3) 음악 : 처음 차명상을 할 때 음악이 있으면 편안하게 시작할 수 있다.

(4) 조명 : 온화하고 부드러운 빛, 너무 밝지 않은 것이 좋다.

(5) 향기 : 공간을 환기시킨 후 명상을 한다. 진한 향은 방해가 될 수 있으니 조심한다.

(6) 찻그릇 : 찻잔은 약간 도톰한 것을 선택하여 온기를 오래 느낄 수 있게 하고, 차훈할 경우 향기를 오랫동안 즐길 수 있는 그릇을 선택한다.

(7) 차 : 백차와 녹차는 마신 후 명상하기에 좋고, 청차와 홍차는 차훈 명상, 티테라피에 사용한다.

(8) 탁자 : 두 팔꿈치를 탁자에 닿을 수 있도록 넉넉한 자리가 좋다.

(9) 복장 : 시계, 안경 등을 풀어 놓고 오랫동안 앉아 있을 수 있는 편안한 자세를 한다.

(10) 이완 : 몇 가지 동작으로 명상 전에 긴장감을 푸는 스트레칭을 하여 몸을 이완시킨다.

2) 명상 전 몸의 이완

(1) 두 손을 합장하듯이 모아 손바닥을 문지르고 따뜻해지면 이마에 올린다. 머리를 쓰다듬듯 넘기면서 정수리를 지나면서 가슴을 쭉 편다. 두 손을 맞잡아 손바닥을 고정하여 머리를 뒤로 이완시킨다. 손바닥으로 머리를 앞으

로 밀지 않고 천천히 머리와 목을 완전히 이완시킨다. 호흡은 자연스럽게 하고 의식은 가슴에 둔다.

(2) 손가락을 풀면서 두 손은 가슴 앞으로 내려 배꼽 아래에 놓는다. 왼손이 안으로, 오른손이 밖으로 가게 단전에 대고 크게 호흡을 한다.

(3) 몸을 이완하는 것은 들숨, 지식止息, 날숨 속에서 전신의 변화를 느껴보는 것이다. 숨을 가슴으로 크게 들이 마신 후 가슴을 풍만하게 앞으로 내밀면서 배를 등쪽으로 끌어당긴다.

(4) 3~8초 정도 숨을 멈춘 '지식' 상태에서 온 몸이 청량한 공기가 차 있다고 생각한다. 멈춘 숨을 천천히 몸 밖으로 모두 내보내면서 머리끝에서 발끝까지 전신의 변화를 느껴본다.

3) 호흡 관찰

차명상에 집중하기 위해서는 '호흡 관찰'이 중요하다. 호흡은 날숨과 들숨의 합친 말로 탄식, 한숨 등 불안한 마음과 감탄, 탄성, 기쁨 등의 감정 변화를 반영한다. 이런 정서를 넘어 호흡에 집중하고 내 안으로 관심을 가져오는 것이 중요하다. 자연스럽게 숨에 집중하면서 잠시 하던 일을 멈추고 마음을 바라보는 일이 호흡 관찰이다. 호흡을 잘 하려면 명상을 하는 동안 절제하고 집중할 수 있도록 일정한 자세를 계속 유지하며 호흡하는 자신을 관찰한다.

(1) 허리를 세우고 편안하게 앉는다. 의자에 앉았을 때 등받이에 기대지 않고 바르게 앉는다. 바닥에 앉았을 때 일정시간 같은 자세로 오랫동안 앉을 수

있는 자세를 취한다. 무릎을 꿇거나 반가부좌, 결좌부좌 등을 한다.

(2) 눈을 감고 편안하게 앉는다.

(3) 숨을 깊이 마시고 내쉬면서 숨 쉬는 곳을 바라본다. 호흡을 관찰하는 지점이 코끝인지 입술인지는 중요하지 않다. 거칠거나 부드러울 수 있고, 무겁거나 가벼울 수 있으며, 자연스럽거나 걸리는 느낌이 들 수 있다. 숨을 들이마실 때 '일어남', 내 쉴 때 '사라짐'이라 생각하며 호흡을 관찰한다. 의도적으로 호흡하지 않고 자연스럽게 호흡하는 나를 관찰한다. 엉덩이와 방석의 느낌, 주변에서 나는 소리를 들으면서 호흡한다.

(4) 신체적 감각, 생각 등 다른 대상으로 가면 바로 알아차리고 호흡으로 돌아온다.

(5) 호흡 관찰의 시간을 처음에는 10분 정도 하고, 조금씩 늘려서 한다.

차명상을 위해 적절한 환경을 만들고, 몸의 이완을 위해 준비하고 호흡을 관찰하는 것과 신체의 자각을 유도한다. 차의 향기와 찻그릇의 온기 정도, 피부에 닿는 느낌을 체험하는 자각명상을 한다. 처음에는 내가 추구하는 행복의 느낌이나 발원하는 것을 말하면서 명상한다.

〈표 2-8〉 차명상 체험 과정

준비	간단한 몸 풀기, 차 마시기 편안한 상태로 앉기, 찻잔 · 다훈용 다완 준비 명상음악 준비
도입	명상 준비 – 편안한 느낌 갖기 찻잔과 호흡 – 호흡에 숫자를 붙이며 이완 주위의 소리를 들으며 이완
자각유도	코, 끝, 혀, 가슴, 복부, 앉은 자세 등 신체에 대한 자각 유도(호흡명상) 찻잔 · 다완의 질감을 느끼고 차의 향, 다훈에 집중(다훈명상) 사랑, 행복, 기쁨 등 마음속으로 말하며 호흡(집중명상)
자각명상	찻잔의 느낌, 잔을 움직이는 행위, 차 맛, 향기, 마음 상태 등
마무리	자각 상태 유지, 자신과 주변을 정화시키는 이미지 떠올리며 마무리 '나와 더불어 모든 사람들 행복하기'를 말하며 명상 마침 '감사합니다, 사랑합니다, 행복하세요, 미안합니다' 등을 말하며 명상 마침
피드백	차를 마시면서 명상 소감, 질문 등

바쁘고 긴장된 생활의 연속인 직장에서 심신의 괴로움을 해소하기가 쉽지 않다. 그렇지만 10분 차생활, 5분 차명상을 위한 시간을 내어보자. 신체적 건강과 행복한 생활을 위한 필수 행동이라 생각하고, 매일 차 마시는 습관을 들여보면 좋겠다. 잡념이 무념이 되어 마음의 휴식을 얻게 되고, 강한 의지로 작용하여 자신의 능력이 극대화 될 것이다.

IV

내게 맞는 차를 구하는 기술, 티 테이스팅

티 테이스팅Tea Tasting, Cupping은 고유한 차의 향미를 차와 물의 양, 물의 온도 등 조건을 갖춰 객관적으로 평가하는 것을 말한다. 육우는 『다경』에서 좋은 차를 만나는 데 아홉 가지 어려움[九難]이 있다 하였다. 그것은 제다, 감별, 찻그릇, 불, 물, 차를 굽고 가루 내는 법, 차를 만들고 마시는 법인데, 그 중 차를 감별할 때 손으로 만지거나 냄새를 맡는 것은 좋은 평가 방법이 아니라 하였다.

그 당시 차는 지금과 달랐고 마시는 법도 같지 않았으나 차를 손으로 만지면 차의 풍미가 달라져서 객관적으로 맛을 평가할 수 없어 어려운 일이라고 하였다. 티 테이스팅은 차의 외형, 수색, 향, 미, 엽저 등을 심사하여 차의 좋고 나쁨을 평가하여 가격을 결정하게 되고, 블렌딩 티를 만들 때 기준이 되므로 예민한 감각과 경험이 필요하다. 제다 방법, 생산지 환경, 물 맛 등이 동일하지 않아 절대평가는 할 수 없으나 차의 고유한 맛과 향의 세기를 이해하고 자신이 마시는 차를 선택하는 기준의 폭이 넓어진다.

1

티 테이스팅을 위한 준비

우리나라는 일본과 같이 다례를 중요하게 여겼고 차문화 축제, 헌공다례, 다악, 다례 대회 등으로 다의례와 예술이 접목한 형태로 발전하였다. 좋은 차의 기준은 만든 시기가 이른 첫물차, 어린 찻잎이 좋다는 것과 야생에서 자란 차 등이 되었다. 지금은 소비자의 기호와 소비 트렌드의 변화에 따라 블렌딩 티가 늘어나고 있으며 티 테이스팅을 통하여 카페 메뉴 개발과 매출로 이어지고 있다. 우리나라의 티 테이스팅 역사는 매우 짧지만 다양하게 쓰이는 테이스팅에 대해 살펴보기로 한다.

티 테이스팅 도구

테이스팅을 위해 먼저 찻잎을 계량하고 심사할 도구를 준비해야 한다. 물을 끓이는 주전자, 차를 우리는 품평배, 찻물을 감상하는 찻잔 또는 품명완, 품명배 수저 등이 필요하다.
또한 테이스팅을 위한 조용한 환경
과 밝은 조명 등이 필요하다. 커피
의 커핑은 유명하지만 티 테이스팅
은 많이 알려져 있지 않다. 가정에
서 테이스팅 도구가 없으면 개완이
나 다관 등 찻그릇으로 가능하다.

차 품평회장

다만 차를 우리는 차와 물의 양, 우리는 시간 등의 테이스팅 기준을 정하
여 심사한다. 일반적인 티 테이스팅 기준은 차 3g, 끓인 물 150ml, 우리는
시간 3분이다. 두 번 우릴 경우 1차 3분, 2차 5분으로 한다.

　전문가의 티 테이스팅 기준은 차가 진하여 평소 맛보는 것과 많이 다르
다. 처음 테이스팅을 할 경우 심사하기 어려울 수 있다. 처음 테이스팅을
하거나 가정에서 심사할 경우 350ml의 물에 3g의 차를 3분 우린다. 차를
우리고 찻잔에 따를 때 한 방울Best Drip도 남김없이 따라서 정확한 결과
가 나오도록 해야 한다. 또한 테이스팅 전에 강하고 자극적인 음식을 피하

테이스팅 도구

고, 여러 가지의 차를 품평할 때 한 가지 차를 맛본 후 뱉거나 백비탕으로 입을 헹구고 진행한다.

﹌﹌➤ 티 테이스팅 순서 ◄﹌﹌

티 테이스팅은 오감을 동원하여 감각적인 즐거움을 경험하는 일이다. 감각기관으로 향미 성분을 심사하는 것으로 다소 주관적일 수 있으나 여러 번 하면 차의 고유한 맛을 객관적으로 분석할 수 있다. 따라서 처음 한 심사 결과가 차이가 나도 틀렸다고 자책할 것은 아니다. 다만 좋아하거나 싫어하는 개인의 경험과 지식으로 생기는 '첫인상'을 평가 기준으로 삼아서는 안 되니 그것만은 주의해야 한다. 여러 명이 심사할 때 자신의 의견을 심사 중간에 말하지 않고 나중에 평가시간에 의견을 나누는 것이 좋다. 티 테이스팅은 외형, 탕색, 향기, 맛, 호감도 순으로 심사한다.

① 마른 찻잎의 외형을 보고 형태와 건차의 향을 맡아 심사한다.
② 심사 도구를 데운 후 찻잎을 품평배에 우려내어 품명완에 따른다.
③ 우려낸 차의 수색과 향, 젖은 찻잎의 향을 맡는다.
④ 테이스팅 스푼으로 차의 향미를 심사한다. 여럿이 할 경우 심사용 찻잔을 별도로 준비하여 향미가 섞이지 않도록 한다.
⑤ 젖은 찻잎의 모양을 살펴보고 전체적으로 찻물의 수색, 차의 맛과 향을 평가한 내용을 테이스팅 노트에 작성하고 마무리한다.

건차의 상태를 살피기 위해서 흰색 계열의 접시에 담아 외형을 살피는 것이 좋다. 품명완이 없는 경우 숙우나 유리 공도배, 찻잔 등을 활용해도 된다. 찻물색을 심사하기 좋은 백자나 흰색 계열의 잔을 준비하여 정확하게 테이스팅 한다.

차의 향기를 세 번 평가하는데 첫 번째는 데워진 품평배에 차를 넣고 가볍게 흔들어 따뜻한 향기(요향)를 맡고, 두 번째는 품명완에 따른 뜨거운 차의 향기(열향)를 통해 향의 강약을 맡는다. 세 번째는 식은 차에 남아 있는 향(배저향)의 순수함, 혼탁함을 살피면서 향기의 지속성을 평가해 본다.

6대 다류 전체를 심사할 때는 백차, 녹차, 황차, 우롱차, 홍차, 흑차 순서로 한다. 백차와 녹차처럼 부드럽고 섬세한 풍미가 있는 차를 먼저 하는 것이 좋다.

2

티 테이스팅 해보기

차는 제다 과정, 보관 방법에 따라 건차의 형태와 색상, 향, 맛이 다르기 때문에 표현하는 언어도 다르다. 차가 잘 건조되었는지, 색상이 균일한지, 말려진 형태가 어떤지 살피는 것은 그 차의 향미를 예견하는 중요한 과정이다. 건차가 광택이 있고 균일하다면 당연히 맑고 향기로운 차가 되는 반면 찻잎에 광택이 없고 다탕색이 탁하면 저급차라 볼 수 있다.

찻잎의 외형

완성된 차가 잘 건조되었고 말려진 형태가 균일하고 불순물은 없는지를 평가한다. 차의 고유한 색과 광택 여부를 살피고 향과 신선도를 파악한다. 찻잎이 잘게 잘려 있는 경우 부서진 정도는 균정한지, 줄기가 많은지 등 찻잎의 외형과 색, 찻잎의 향을 심사한다. 차에 백호가 있는지, 싹과 잎의 크기와 형태(뾰족한지, 납작한지, 말려있는지, 둥근지), 차의 무게, 찻잎의 상중하 비율 등을 심사한다.

향기 심사

차의 향Aroma을 감별하는 것은 후각으로 미각보다 민감하다. 후각은 고유한 향기 외 특정 시간, 장소, 인물, 사물, 추억, 감정, 고민 등 많은 것을 기억한다. 향기를 맡을 때는 머릿속에 연상되는 다른 향기가 있는지도 살펴본다. 향기의 강도와 꽃향, 견과류, 풀향, 향신료 등 독특한 향의 종류를 살핀다. 향기가 신선한지, 조화로운지, 불쾌한 향이 있는지와 식었을 때

찻잎의 외형

다시 살펴서 향기의 지속성을 평가한다. 콧속에 있는 많은 수용기가 향기를 감지하게 되므로 우린 차를 입에 넣고 입을 다물고 숨을 코로 내쉬면서 향을 느껴본다.

청향은 녹차의 맑고 싱그러움을 표현하며, 상쾌하고 고상한 향을 청선淸鮮, brick and fresh이라 한다. 밤향은 덖음녹차와 백차에 있는 구수한 향이고 우롱차, 녹차, 화차를 평가할 때는 생화의 향기로 표현한다. 초청녹차에서는 약간의 콩 비린내가 나고, 호향毫香, pekoe flavor은 솜털이 가득한 싹을 원료로 만든 백호은침, 모첨, 모봉 계열의 차에서 나는 향기이다. 매괴향(장미향)은 고급 홍차와 우롱차에서 나는 향을 말하고, 가열한 설탕에서 나는 첨향은 고급 발효차와 홍차의 향을 말한다. 과일과 우유의 향은 우롱차에서, 송진과 같은 향이 차에 스며든 것 같은 송연향은 복건성의 소종 홍차나 호남성의 흑차에서 맡을 수 있고, 숯의 향기가 배인 탄향炭香은 암차에서 난다.

〈표 2-9〉 차의 향미 성분

구 분	종 류
식물향	건초, 밀짚 등 마른 풀의 향
	풋내, 생목, 대나무류, 미나리 등 신선한 풀향
	민트, 바질, 딜, 로즈마리, 사철쑥 등 방향성 허브향
	샐러리, 호박, 오이, 시금치, 녹두, 생야채, 야채육수 등 야채향
바다향	미역, 다시마, 어류, 굴, 갑각류, 조개류, 어패류 등 해조류
꽃향	자스민, 계화, 국화, 백합, 라일락, 오렌지 꽃, 야생화, 은방울꽃, 난꽃, 장미, 목련, 모란, 제비꽃 등 신선한 꽃향

구 분	종 류
과일향	살구, 체리, 복숭아, 사과, 배, 무화과, 머스켓, 포도, 딸기, 레드베리, 라즈베리, 블랙베리, 블랙커런트, 파인애플, 리치, 코코넛, 망고, 파파야, 용과 등 신선한 과일의 향
	베르가모트, 레몬, 오렌지, 밀감, 자몽, 귤껍질 등 감귤류의 향
목재향	호두, 아몬드, 밤, 건포도, 대추, 잼, 조린 과일, 체리씨, 건 토마토 등 건조·절임과일의 향
	건조 나무, 마른 잎, 소나무, 참나무, 이국적인 목재, 전나무, 이끼, 축축한 흙, 젖은 낙엽, 버섯, 부엽토 등의 향
토양향	흙, 부식토, 토탄, 지하저장고, 감자, 무우 뿌리, 먼지 등의 향
탄향	훈제 직화구이, 탄향, 토스트, 구운 아몬드, 화산재, 석탄, 담배, 구운 베이컨, 타르 등의 향
동물향	가죽, 털, 젖은 양털, 말, 마구간, 땀 등의 향
광물향	금속 원석, 석회, 화약, 황, 바위 등의 향
단향	코코아, 초클릿, 코코아, 버터, 단빵, 꿀 등의 향
매운향	계피, 생강, 후추, 감초, 정향, 카르다몸 등의 향
우유향	신선한 버터, 우유, 아몬드 우유 등의 향

차의 향을 맡으면 '이미지', '감정', '추억' 등이 먼저 떠오른다. 향기를 언어로 적어 보는 것은 감각을 정확하게 기술하는 방법이다. 차뿐 아니라 음식에 대한 인식력이 커지고 감각을 훈련하고 미각을 적절한 언어로 표현하여 맛의 경험을 각인시킨다. 여러 명이 테이스팅 할 경우 평가한 결과를 주고받으며 개인적으로 인식 못한 성분을 알게 되는 즐거움이 있다.

녹차류에는 260종, 우롱차에는 300여 종, 홍차류에는 400여 종의 복합적인 휘발성 향기가 있으며 향이나 냄새는 동시에 동일한 방식으로 인식되지 않는다. 꽃향, 과일향, 신선한 향, 훈연향의 종류는 어떤 것인지, 처음과 중간, 끝까지 지속되는지를 살펴서 테이스팅 노트를 작성한다. 향의 언어가 정확하려면 향의 그룹에 대해 알고 후각으로 향기를 이해하여야 한다.

헤드노트head notes, top notes는 처음 감지되는 향미로 바로 사라지는 휘발성의 향이다. 미들노트middle notes, body notes는 찻물이 입 안에 있을 때 인식되는 향기로 강렬하지만 안정적이며, 지속적인 향기를 맡을 수 있고 느리지만 전반적인 향기의 특징을 이해할 수 있다. 테일 노트tail notes, base notes, final notes는 찻물을 삼킨 후 입 안에 머무는 여운의 향이다. 차의 향미가 풍부할 경우 테일 노트가 길게 이어지고 향미가 다양하게 발전한다.

맛 심사

인류의 생존은 맛Taste 보는 행위와 함께 시작되었다. 맛을 보는 것은 향과 맛을 의식적·무의식적으로 인식하거나 한 번도 경험하지 못한 새로운 감각을 깨우는 과정이다. 맛은 절대적인 감각이 아니고, 우리의 혀에는 10일마다 재생되는 수천 개의 미뢰가 있으며, 맛의 심사는 여러 번의 경험으로 미각이 발달되어 차의 품질과 개성을 파악하는 데 도움이 된다.

냄새smell는 들숨에 코로 직접 들여 마시는 직접적인 후각이고, 향aroma은 날숨에서 역류성 비강 후각을 통해 인식된 감각을 표현한다. 코의 수용체는 혀로 감지할 수 없는 정보를 갖고 있는데 미각보다 복잡하고 맛의 표현도 후각적인 정보가 대부분이다. 향기는 코에서 가장 먼저 인식되지만 맛과 향의 복합적인 감각인 풍미flavor는 주로 미각 수용체에서 일어난다. 입에 닿는 촉감으로 맛을 구별하는데 건조하고 거칠고 혀가 오그라드는 것은 떫은 맛, 탄닌의 맛이다. 느끼한 음식을 먹었을 때 개운하게 해주

전문 티 테이스팅

는 것은 입 속의 촉감이 차의 농도와 점성을 감지하는 것이다. 떫은맛의 정도가 옅은지, 중간정도인지, 강한지, 자극적인지 농후하고 무거운지 등 구체적인 맛을 표현한다. 과일, 향신료, 허브 등의 풍미가 있는지, 카페인의 쓴맛과 단백질의 단맛, 신맛, 감칠맛 등이 두터운지, 단맛이 머무는 정도 등을 마신 후의 느낌after taste을 통해 심사한다.

미각수용체인 혀는 50~100개의 미세포로 이루어졌으며 단맛, 쓴맛, 짠맛, 신맛, 감칠맛 등을 감지한다. 온도는 촉감, 신선함, 떫은맛을 감지하고 향미를 인식하는데 매우 중요하다. 온도가 높으면 혀가 마비되어 쓴맛을 잘 느끼기 어렵고 단맛이 두드러진다. 온도가 너무 낮으면 미각의 감각이 떨어진다. 각 맛들은 상이한 정도로 인식되고 하나의 맛은 다른 맛에 영향을 준다. 차의 색을 먼저 심사하고 맛은 45~50도 정도에서 맛을 심사한다.

맛의 심사

    단순히 차를 마실 때와 품평할 때는 맛보는 방법이 확연히 다르다. 맛을 심사할 때는 공기를 담아서 혀 전체가 닿도록 소리를 내어 차를 맛보는데 뜨거운 국물을 흡입하는 것처럼 맛본다. 맛의 농도가 적당하고 오래가는지 평가하고, 차 맛이 맑고 깨끗하며 입 안에 느껴지는 감촉에 부드러움이 있는지를 살핀다. 칼칼한 맛, 아린 맛 등 불쾌한 맛의 정도를 체크한다. 혀의 수용기는 유전적인 원인, 온도 등에 영향을 받는다. 차를 삼키면 혀의 돌기가 무뎌지므로 맑은 물을 마시거나 뱉어낸 후 다음의 차를 심사한다. 차를 뱉어낼 때 바닥에 흐르지 않도록 주의한다.

찻물색 심사

    찻물 색Liquor, color의 심사는 전체적으로 색이 연한지 진한지의 농담, 맑은지와 탁한지의 투명도, 침전물이 있는지, 고유한 색상이 있는지 등을 살핀다.

녹차의 수색은 연한 노란색[淡黃], 노란색[黃], 황색과 적색의 중간인 오렌지색의 정도에 따라 등색[橙色], 등색에 노란색이 좀 더 있는 등황[橙黃], 등색에 붉은색이 있는 등홍[橙紅] 등이다. 연두색[淺綠], 노란빛의 녹색은 황녹[黃綠], 녹색, 오렌지색이 있는 녹색은 등록[橙綠]으로 표현한다. 백호가 있는 차는 백탁Creamy이 있는지, 갈색빛[褐色], 갈색, 어두운 갈색나 철색, 광물질이 있는 색은 진밤색이 있는지 살핀다. 홍차는 노란색이 있는 붉은색[黃紅], 오렌지색이 있는 붉은 색[橙紅], 호박색, 오렌지[橙色], 붉은색[紅色] 등으로 찻물색을 평가한다.

보이차는 진노랑색, 연한 밤색, 밤색, 진한 붉은색[深紅], 검정색에 가까운지 등을 살피는데 차의 종류와 제다법에 따라 달라지는 찻물색(수색, 다탕색)을 테이스팅 한다.

찻물색 심사

젖은 잎 살피기

   우린 후 젖은 찻잎(엽저)이 여리고 균등한지, 통통하고 싹이 있는지, 늙은 잎이나 거친 잎이 있는지 등의 형태를 살펴본다. 만져 봤을 때 탄력이 있는지, 질긴지, 두터운지 등을 평가한다. 또한 젖은 찻잎의 향기는 마른 잎과 비교하면 어떻게 다른지, 젖은 잎의 색상을 살펴본다.

젖은 잎(엽저)의 모양

3

티 테이스팅 노트 작성하기

티 테이스팅은 단순히 마시는 것과는 다른 적극적인 음미를 말한다. 오감으로 느끼고, 느낀 것을 기록하는 것이 티 테이스팅, 품평, 감별, 커핑 등으로 불린다. 이 과정은 전문가가 차를 감별하는 것을 말하지만 자신이 좋아하는 차를 찾는 과정이기도 하다.

티 테이스팅 후 차의 이름, 생산한 국가와 지역, 차의 종류와 등급을 적어보고, 차와 물의 양, 물의 온도와 우린 시간을 적는다. 차의 품평은 마른 잎과 젖은 잎의 외형과 색, 향기를 살피고, 우려진 차의 수색과 향기를 심사한다. 향기는 식은 후 한 번 더 평가하여 향기의 지속성을 살핀다.

티 테이스팅은 관능 평가에 의존하게 되므로 환경에 영향을 받아 다른 시기에 심사할 경우 결과가 달라질 수 있다. 대체적으로 목 넘김이 수월하고 부드러운 차를 선별하고 차 맛과 향기, 탕색의 조화를 심사한다.

테이스팅 노트에는 100점을 기준으로 할 때 차의 외형, 탕색, 향, 맛, 엽저의 비율이 2:1:3:3:1이다. 티 테이스팅은 기관에 따라 심사의 기준이 조

문향과 탕색 비교

금씩 다르다. 차의 균일과 균정의 정도를 보는 외형은 20%, 혼탁과 명량 정도를 보는 다탕색은 10%, 잡향이 있는지, 신선하고 조화로우며, 향이 뜨거울 때 식었어도 오랫동안 남아 있는 향은 30%, 맛의 평형과 조화, 농담, 지구력, 순수함 정도를 평가하는 맛은 30%, 젖은 찻잎의 형태가 균일한지를 살피는 엽저는 10%를 기준으로 한다. 향기와 맛이 가장 큰 비중을 갖는데 각각의 점수에 곱하여 총점을 매겨본다.

테이스팅 후 차의 맛을 전체적으로 평가하여 편안하고 부드러우며 차의 맛과 향기, 탕색 세 가지가 조화로운 것은 어떤 차인지 등급을 매겨본다. 또한 자신이 가장 선호하는 차의 종류와 이유 등 총평도 작성해 본다.

다음의 두 개 양식을 참고하여 티 테이스팅 후 심사한 내용과 점수를 적어보자.

TEA TASTING NOTE

날짜	. . .	시간	
차 이름		차의 종류	
생산국가		차의 등급	

1. 티 테이스팅 기준

잎의 양(g)		물의 온도(℃)	
물의 양(㎖)		우리는 시간(min)	

2. 티 테이스팅

외형(20)	
다탕색(10)	
향(30)	
자미(30)	
엽저(10)	

3. 총 평가

TEA TASTING NOTE

날짜	. . .	시간	
잎의 양(g)	물의 양(㎖)	물의 온도(℃)	우리는 시간(min)

티 테이스팅

차이름	외형(20)	다탕색(10)	자미(30)	향기(30)	엽저(10)
1.					
2.					
3.					
4.					
5.					
6.					
7.					
8.					
9.					
10.					
11.					
12.					
13.					
14.					
15.					

총 평가

V

허브티 & 블렌딩 티

세계 3대 음료는 차, 커피, 코코아로 공통점은 카페인이 있다는 것이다. 카페인은 나른한 몸을 깨우고 생활에 활력을 주지만 많이 마시면 숙면을 취하지 못해 오후에는 디카페인decaffeination 음료를 찾기도 한다.

1902년 독일에서 처음 발명한 디카페인 커피는 카페인 함량이 없거나 1~2% 정도 들어있는 것으로, 카페인에 민감한 사람들이 즐기기에 좋지만 풍미에 한계가 있다.

아침에 부드러운 차로 잠을 깨우고 머리를 맑힌다면 점심식사 후에는 소화를 돕고 나른한 몸에 생기를 주는 진한 차를 마시고 오후 또는 저녁에는 카페인 없는 허브티, 허브·과일 등을 블렌딩한 건강 음료를 선호한다. 국내 프랜차이즈 커피전문점의 주 메뉴는 당연히 커피지만 허브티와 티 블렌딩 메뉴를 찾는 소비자가 늘고 있으며 허브티·차 제품, 선물세트 등을 판매한다.

　카페인, 디카페인, 아이스 음료, 티 블렌딩 등 우리의 일상은 차 한 잔 이상 마시는 '일상다반사日常茶飯事'시대에 살고 있다. 이 장에서는 카페에서 즐기는 허브의 종류를 살펴보고 허브와 허브, 허브와 차를 블렌딩하여 즐기는 음료에 대해 알아보기로 한다.

1

이야기가 있는 허브

허브herb는 '허바herba'에 어원을 둔 향과 향초, 향미가 있는 약용식물의 줄기, 잎, 꽃, 열매, 뿌리 등을 말한다. 허브 자체를 즐기기도 하고 허브와 허브, 허브와 꽃, 차와 허브 등을 섞어 어울림 맛을 찾아내기도 한다.

일반인들은 차와 커피, 허브, 주스, 아이스크림, 전통음료도 '차'라 부를 만큼 차는 대중적이고 넓은 의미로 사용된다. 그러나 차나무에서 나는 여린 순과 잎으로 만든 것이 '차tea'이며 차를 대신하는 것은 '대용차'로 엄밀하게 구분한다.

상큼하고 신선한 생 허브, 농축된 느낌의 강한 말린 허브와 블렌딩 음료 우리는 것을 인퓨전Infusion, 티젠Tisane 등으로 부른다. 카페의 대용차로는 대추차, 쌍화차 등 오래 끓여서 탕湯으로 만든 것이 있고, 생강차, 모과차, 청귤차, 자몽차 등 청을 직접 만들기도 한다. 또한 카모마일, 히비스커스, 루이보스, 페퍼민트 등의 허브티와 얼그레이, 애플티 등의 가향차가 주류를 이룬다.

꽃으로 된 허브

꽃으로 된 허브에는 카모마일, 히비스커스, 라벤더, 계화, 자스민, 장미, 메리골드, 목련차 등이 있다. 꽃을 말려서 차로 마시거나 고체나 액체 등 착향제Essence를 만든다.

1) 카모마일

카모마일Chamomaile은 고대 그리스어 '작은이'를 의미하는 '카마이Chamai'와 사과를 뜻하는 '멜론Melon'이 합쳐진 국화과 식물로, 은은하고 달콤한 사과 향이 나서 '대지의 사과'라 부른다. '식물의 의사', '위대한 약초'로 불릴 만큼 불면증, 신경과민, 불안감 해소에 효능이 뛰어나다. 간 기

다양한 꽃차

능 회복과 눈의 피로를 풀어주며, 몸을 따뜻하게 하여 감기에 좋다. 중국·한국에서 많이 마시는 금사황국, 국화차, 금국 등이 있고, 유럽에서 주로 즐기는 카모마일로 나눌 수 있으며, 신선한 녹차, 앰버우롱, 홍차 등과 잘 어울린다.

2) 히비스커스

히비스커스Hibiscus는 '신에게 바치는 꽃'으로 이집트 미의 여신 '히비스Hibis'와 '닮았다'라는 뜻의 '이스코sco'가 합쳐진 이름이다. 달콤하고 새콤한 맛이 있는 아열대의 대표적인 허브로 구연산과 비타민C가 풍부해서 피로 회복에 좋으며 다이어트 티로 알려져 있다. 열기를 내려주어 여름에 마시면 좋고 진정효과, 이뇨작용 등이 있다.

히비스커스는 끓이면 새콤한 맛이 강한 진한 붉은색, 냉침하면 달콤한 맛이 강한 밝은 붉은색으로 우러난다. 페퍼민트, 카모마일과 블렌딩하여 꿀을 넣어 뜨겁게 마시거나 상쾌하게 아이스티, 에이드로 즐긴다.

3) 연차

『부생육기』에는 비단주머니에 담은 차를 연꽃에 넣어 두었다가 마신 연차蓮茶이야기가 나온다. 요즘은 연꽃이 다 피기 전에 벌려 차를 넣어 두었다가 냉침으로 마시거나 연꽃과 수술, 연잎을 건조하여 차를 만든다. 연꽃차는 진

연차

정, 지혈, 피부미용에도 좋다, 그러나 냉성이 있어 차는 따뜻하게 마시고 한꺼번에 많이 마시지 않는 것이 좋다.

4) 계화차

계화차桂花茶, Osmanthus는 '첫사랑', '당신의 마음을 끌다'라는 꽃말이 있으며, 중국 계림에 많이 생산된다. 9~10월에 꽃이 피는데 모과, 살구, 동양란의 향이 있고 오랫동안 지속되는 특징이 있다. 특유의 떫은 맛이 있어 많은 양을 사용하지 않는 것이 좋고, 꿀이나 설탕을 타서 마신다. 소화 촉진, 위장 정장작용, 이뇨작용이 있다. 녹차나 우롱차에 착향하여 계화오 룡차, 계화용정차 등을 만든다.

5) 자스민

인도, 히말라야가 원산지인 자스민[茉莉花茶, Jasmine]은 중국에서 가장 보편적인 가향차이다. 야채, 감귤류, 다른 꽃향과 잘 어울려 고급 향수, 허브 티, 포푸리potpourri(향주머니), 에센셜 오일 등으로 쓰인다. 긴장감을 풀어 주어 불감증, 무기력증 해소, 우울증 치료, 기름진 음식과 잘 어울린다. 녹차에 자스민 꽃향을 흡착시켜 진주 자스민pearl tea을 만든다.

6) 장미차

장미[玫瑰茶, Rosebud & petal]는 '향기의 여왕'으로 불리며 고대부터 아로마테라피로 활용되었던 허브로 피부와 생리활성 등 여성호르몬의 균형을 잡아주는 효능이 있다. 불면증, 불안증, 우울함, 감정 조절 등을 돕고 스트레스 해소에 좋아 향수, 입욕제, 화장품, 포푸리 등으로 이용되고 있다. 백차, 홍차, 허브티와 블렌딩하여 우아한 차로 변신하고 있다.

7) 라벤더

라벤더Lavender는 라틴어로 '씻다'는 의미가 있으며 로마에서 공중목욕탕의 입욕제, 세탁용으로 사용하였으며 스페인, 포르투갈의 결혼식에 라벤더 꽃을 뿌리는 풍습이 있다. 허브의 여왕으로 불릴 만큼 보라색 부드러운 향이 매력적이라 유럽에서는 포푸리나 장식용으로 쓰인다. 유럽에서 신경안정을 위해 마시고 있으며, 진정 작용, 소화 촉진을 돕고, 스트레스가 많을 때 좋다. 불면증, 긴장으로 인한 두통, 방충, 살균, 방부, 거칠어진 피부에도 좋다.

허브티의 재료가 되는 꽃들

줄기로 된 허브

줄기 허브는 항균 작용과 항산화 작용이 있어 의약품, 생활용품으로 쓰이고 활력을 주는 방향 성분이 있다. 줄기로 마시는 허브에는 레몬글라스, 루이보스, 로즈마리, 페퍼민트 등이 있으며 허브끼리, 또는 녹차나 홍차와 블렌딩 한다.

1) 레몬글라스

레몬글라스Lemongrass는 항균능력이 뛰어나고 상큼한 레몬향이 나는 식물로 1~1.5미터 정도 자란다. 인도에서는 치료제, 타이 · 베트남 요리 톰양콩의 식재료로, 인도 다원의 방충제로 사용된다. 오렌지, 레몬 등의 시트러스 향은 이완과 기분전환을 도와 집중력을 높여준다. 살균작용과 정장작용, 소화흡수를 돕고 혈류를 개선시킨다. 루이보스와 블렌딩하면 텁텁한 맛을 중화하여 개운하게 하고, 아이스티로 마시거나 화이트 와인에 담가두면 레몬향이 베어 맛이 있다.

2) 루이보스

남아프리카공화국 고산에서 자라는 루이보스Rooibos는 원주민들이 즐겼던 음료로 '루이'는 붉다, '보스'는 나무를 의미한다. 은은하고 부드러운 풍미가 있고 우렸을 때 붉은색을 띠며 떫은맛이 적어 홍차 대신 마실 수 있는 건강차로 '레드티Red tea', '아프리카 레드티'라 불린다. 비산화된 그린루이보스에는 루이보스보다 항산화 성분이 더 많이 들어 있다. 루이보스는 카페인이 없고 비타민C가 풍부하여 운동부족의 생활습관, 영양결핍,

암을 예방하고, 노화방지, 설사, 항알레르기, 대사촉진에 이로우며 임산부에게 좋다. 싱글 티로 마시거나 다른 허브, 홍차와 블렌딩 하거나 밀크티로 마신다.

3) 로즈마리

로즈마리Rosemary는 지중해 연안에서 자라는 허브로 라틴어로 '바다의 이슬'이라는 의미이다. 고대 그리스와 로마 시대에 약초로 쓰였고 유럽에서는 특유의 솔잎 향이 뇌를 활성화시켜 기억력에 도움을 준다 하여 '기억'이라는 꽃말이 있다. 개운하고 상쾌한 허브로 요리와 차에 활용하고 있으며 기억력 향상, 시력 보호, 정서 안정, 피부 건강 등에 도움을 준다.

줄기로 된 허브

4) 페퍼민트

페퍼민트[薄荷, Peppermint]는 '후추의 톡 쏘는 향을 닮았다' 하여 붙여졌다. 고대 이집트의 식용, 약용, 방향제, 향수의 원료였다. 산뜻한 향과 맛으로 호흡을 편안하게 하며, 위액의 분비를 조절하여 소화를 도와 나른한 오후에 마시면 좋다. 심신에 활력을 주며 기분을 상승시키고 신경통, 신경쇠약, 감기, 두통 등에 효과가 있다. 스트레스가 심할 때, 잠을 이루지 못할 때 좋은 차이다. 한국에서 '박하'로 불리며 식품, 의약품, 생활용품으로 쓰인다.

뿌리, 열매로 된 허브

적은 양으로도 맵고 자극적인 향이 있어 으깨거나 끓일 때 양 조절이 필요하다. 소화를 촉진하거나 비타민을 공급하며, 몸을 따뜻하게 하고 개운하게 하여 좋은 컨디션을 유지하게 돕는다. 생강, 카르다몸, 시나몬, 클로버 등이 있으며 사과, 오렌지, 딸기, 레몬, 살구 등 과일을 생으로 또는 말려 차와 블렌딩 한다.

1) 생강

동남아시아가 원산지인 생강[生薑, Ginger]은 여러해살이풀로 새앙·새양이라고도 부른다. 동서양을 막론하고 식용·음용으로 2천 년 넘게 인류의 사랑을 받는 식재료이다. 생선의 비린내를 제거하거나 향을 내는 향신료,

차로도 좋다. 몸을 따뜻하게 하여 냉증이나 감기에 좋다. 멀미나 임신 중 입덧을 완화시켜주고 강장제나 소화촉진, 호흡기 질병에도 좋다. 건조시킨 생강을 잘라 작은 크기로 블렌딩 하는데 야채향, 목재향, 향신료, 감귤류의 향과 조화를 이룬다.

2) 시나몬

시나몬[桂皮, cinnamon]은 가장 오래된 향신료 중의 하나로 스리랑카 토착 식물인 육계나무의 껍질을 사용한다. 베트남과 중국의 계피와는 성격이 조금 다른데, 시나몬은 부드럽고 단맛이 많고, 계피는 쓴맛과 매운맛이 강하고 가격이 저렴하다. 후추, 정향과 함께 3대 향신료인 시나몬은 당뇨, 혈액순환, 감기 등 내과질환 예방과 소화를 돕고, 몸을 따뜻하게 한다. 마살라 차이의 대표 향신료로 꿀과 잘 어울리고 식후 마시면 입 안이 개운하다.

3) 오렌지 필

오렌지 필Citrus은 신선한 오렌지의 껍질을 말렸다가 사용하거나 껍질과 과육을 당절임하여 다과로 먹거나 쿠키나 빵을 만들 때 사용한다. 껍질 부분의 정유 성분은 위를 진정시키고 몸을 따뜻하게 하여 숙면에 좋다. 감미로운 맛과 신맛이 있으며 다른 허브와 블렌딩 하면 입에 닿는 촉감이 좋고 달콤한 향이 난다. 로즈힙, 히비스커스, 카모마일 등과 잘 어울린다.

4) 로즈힙

로즈힙Rose hip은 남미에 자생하는 들장미 열매로 고대 잉카에서는 '젊

다양하게 블렌딩 되는 과일

음의 비약'으로 즐겼다. 비타민C가 레몬의 20~40배 들어 있고 맛은 감미
롭고 달콤하다. 미네랄이 풍부하여 피로회복, 피부미용, 피로로 몸이 무겁
고 눈이 아플 때, 추운 겨울 컨디션 유지에도 좋다. 새콤달콤한 과일의 느
낌이 있어 싱글로 마시거나 히비스커스와 블렌딩 한다.

2

허브 블렌딩 티 즐기기

고대 그리스인들은 건강을 유지하고 장수를 위해 꽃과 허브 향이 나는 물로 목욕을 하면 효능이 있다고 여겼다. 연금술사들은 영혼을 치유하거나 주술적, 종교적, 미학적 용도로 향을 이용하였다. 꽃, 식물, 향료, 포도, 꿀에서 추출한 액essence을 기름과 함께 블렌딩 하여 향료와 연고를 만들었다. 중국 의학에서 오래전부터 식물성 약재를 침술, 식이요법과 병행하여 사용해 왔으며 인삼, 쑥, 계피, 감초 등을 한방에서 사용하고 있다.

허브티 한잔은 즐거웠던 시간을 떠올리고 다양한 감각들을 불러일으킨다. 무심코 마신 차는 여행한 도시의 작은 거리로, 친구들과 함께 여행한 시간으로, 어느 가을날의 오후를 연상하는 데 후각이 크게 작용한다.

향은 후각의 기억 속에서 오랫동안 살아 있다.

- 월터 벤저민Walter Benjamin

우리는 살아가면서 후각의 경험이 감정의 기억과 공존하는 것을 느낀다. 그러한 기억들은 행복했을 때, 불행했을 때, 과거의 상황을 연결시키는 강한 연상을 일으킨다. 더 넓고 더 깊은 허브의 잔향으로 오래된 기억을 떠올리는 후각은 감정을 통제하거나 감정에 끌리게 된다.

᭡᭡᭡ 허브 블렌딩 ᭡᭡᭡

티 블렌딩은 눈으로 코로 입으로 일어나는 감각에 크게 좌우된다. 허브를 적당히 사용하면 한 잔으로도 감각을 깨우고 감정을 일으키며 추억을 떠올릴 수 있도록 돕는다. 조화로운 블렌딩 티를 만들려면 허브, 향신료, 과일 등 각 재료의 특성을 알아야 하고 6대 다류와 다양한 향을 혼합하는 비율을 익혀야 한다.

허브, 향신료, 과일의 향이 뚜렷하지만 처음 느껴지는 향, 지속적으로 풍부하게 느껴지는 향, 식어도 나는 향 등 어떤 향기에 초점을 맞출지를 결정한다. 차는 수확 시기, 산지의 테루와 특성에 따라 향이 복합성을 띠면서 미묘하게 변하고 한결같지 않으며 시간이 지나면 풍미가 변화한다. 백차는 장미향과 볶은 야채향, 갓 구운 빵 향이 있으나 보관 기간에 따라 맛과 향기가 달라진다. 그래서 허브와 차를 블렌딩 하면 미묘한 맛과 향이 만들어진다.

티 블렌딩에서 향과 맛을 내기 위한 인공 방향유 없이 차와 허브, 과일, 향신료와 같은 재료의 향을 가해 티 블렌딩을 할 수 있다. 스파이시spicy한

향신료는 클로버, 계피, 후추, 카르다몸 등이고 시트릭citric한 오렌지, 귤, 베르가모트, 레몬이 있다. 꽃향을 활용한 플라워리flowery는 장미, 자스민, 라벤더, 오렌지블러섬과 시원한 느낌의 민트, 유칼립투스, 소나무와 스위트sweet한 바닐라, 코코아 등이 있다.

그러나 복합적이고 더 깊은 풍미를 원한다면 유능한 티 블렌더의 감각적이고 전문적인 능력에 의존해야 한다. 천연 착향료 외 우리가 모르는 다양한 인공 착향료가 들어간 블렌딩 티가 시판되고 있다.

후각은 감각 중에서 가장 강한 인상을 남긴다.
후각은 시간이 지나 기억에 없는 것 같은 의식을

갑자기, 몇 년, 시간과 공간과 상관없이
확실한 기억 속에, 생동감 있게 살아난다.

- 로이 베디체크Roy Bedicheck

블렌딩의 역사는 400년 전 중국의 복건성에서 시작한다. 자스민, 계화, 장미 등 잎차의 향미를 좋게 하려고 꽃을 섞게 되었다. 산지가 다른 허브, 말린 과일, 향신료 등을 블렌딩하면 건강과 미용에 좋은 허브티가 된다. 이를 베리에이션variation 음료라고도 부르는데 중요한 것은 재료와 베이스 티의 어울림이다. 혼합 비율, 우려내는 온도, 추출되는 미네랄 요소 등을 고려하여 조화로운 맛을 찾아야 한다.

허브는 저마다 개성이 강하지만 일반 차와 같이 물 240㎖, 3g을 약 80도의 뜨거운 물에서 3~5분 정도 우려내면 충분하다. 블렌딩 하거나 아이스 티로 마실 경우 물의 양을 1/3로 우려 진한 허브 베이스를 만들어 사용하는데 꽃잎, 줄기가 작은 경우에는 다시 주머니에 넣어 우리면 편리하다.

일반적으로 블렌딩 음료를 만들 때 주스, 우유, 탄산수 등을 넣고, 새콤한 맛은 레몬·라임, 새콤달콤한 맛은 딸기로, 단맛을 내기 위해 시럽, 크림, 꿀 등을 넣는다. 탄산수는 아이스티의 청량감을 살려주는 재료로 냉침하여 진하게 차를 우려서 베이스 티로 사용한다. 부드러운 맛을 위해 우유 외 생크림, 두유, 아몬드 밀크, 코코넛 밀크 등을 넣고 민트, 로즈마리, 라벤더 등 생 허브 등으로 장식한다.

블렌딩 티의 베이스 티는 허브 티백이나 허브, 녹차, 홍차, 가향차로 만든다. 녹차, 홍차, 가향차를 구입할 경우 제조일자, 포장상태, 블렌딩 비율, 유통기간 등을 꼼꼼히 살펴본다.

피곤한 날에는 비타민이 풍부한 말린 과일과 루이보스, 히비스커스 등 항산화 작용이 많은 허브로 몸을 이완하고, 편안한 숙면을 위해서는 카모마일, 라벤더, 장미 등을 사용한다. 카모마일, 히비스커스, 루이보스 등과 레몬그라스, 민트, 라벤더를 블렌딩 하고 레몬청, 라임즙, 시럽, 설탕으로 가미한다. 신선한 과일이나 말린 과일, 달콤한 과일 맛, 과일향을 넣은 차를 '디저트 티', '입문용 티'로 부른다. 고급 차를 쓰지 않고도 예쁜 색과 풍미가 있어 제과·제빵에도 사용한다.

〈표 2-10〉 허브 블렌딩 티 레시피

차 이름	재료와 간단 레시피
카모마일 라벤더 티	카모마일 2g, 라벤더 약간, 레몬즙 약간, 시럽
	카모마일과 라벤더를 5분 우려서 잔에 따르고 레몬즙을 넣어 섞는다.
히비스커스 민트 티	히비스커스 2g, 민트 약간, 라임청 약간, 시럽
	히비스커스를 약간 뜨거운 물에 5분 우려서 라임청이 있는 잔에 따르고 민트 몇 잎으로 장식한다.
레몬 루이보스 티	루이보스 2g, 레몬청 20㎖, 레몬 슬라이스 1개, 시럽 또는 설탕 약간
	루이보스를 뜨거운 물에 3분 우려서 레몬청을 넣은 잔에 따르고 시럽으로 단맛을 조절한다. 레몬으로 장식한다.

차 이름	재료와 간단 레시피
레몬그라스 진저 티	레몬그라스 2g, 레몬청 20㎖, 레몬 슬라이스 1개
	레몬그라스를 뜨거운 물에 우려 레몬청을 넣은 잔에 붓고 레몬 슬라이스로 장식한다.
카모마일 민트 아이스티	카모마일 2g, 생 민트 약간, 탄산수 120㎖, 얼음, 시럽
	카모마일을 탄산수에 넣어 15분 정도 우려 얼음을 넣은 잔에 붓고 민트로 장식한다.
블루베리 라벤더 아이스티	라벤더 1g, 블루베리청 30㎖, 시럽 10㎖, 블루베리 7알, 레몬 슬라이스 1개
	라벤더를 끓인 물 150㎖에 넣고 5분 우린 후 상온까지 식힌다. 블루베리청과 얼음을 넣은 유리잔에 라벤더를 따르고 블루베리와 레몬으로 장식한다.
망고 코코넛 스무디	페퍼민트 2g, 코코넛 밀크 100㎖, 물 60㎖, 얼음 7~10개, 망고 퓨레 30㎖
	페퍼민트를 뜨거운 물에 넣고 5분 우린 후 식힌다. 망고 퓨레와 코코넛 밀크, 얼음을 넣어 블렌딩 후 식힌 페퍼민트를 넣어 한 번 더 블렌딩 한다.

허브와 녹차

녹차는 신선하고 부드러운 맛, 은은하고 달콤한 향이 있어 계화, 카모마일, 레몬글라스, 자스민 등과 블렌딩 하면 좋다. 허브는 10%를 넘지 않도록 하여 베이스 티인 녹차의 맛과 다탕색에 영향을 주지 않으면서 조화로운 맛을 찾는다. 카페에서 가장 많아 사용하는 말차는 고유한 쓴 맛이 있어 우유, 아몬드 밀크 등과 충분히 거품을 내면 좋고, 아보카도, 오이즙, 탄산수 등을 사용하여 블렌딩 한다.

〈표 2-11〉 녹차 블렌딩 티 레시피

차 이름	재료와 간단 레시피
녹차 블렌딩	녹차 2g, 허브(계화, 카모마일, 레몬글라스, 자스민) 0.1~0.2g
	녹차와 허브를 뜨거운 물에 우려서 마신다. 허브는 5~10% 내외로 하여 가감하여 우린다.
진주 자스민	진주 자스민 2g, 민트 15g, 레몬즙, 시럽 약간
	뜨거운 물에 민트를 넣어 3분 우린 후 자스민 티를 넣고 3분 다시 우린다. 찻잔에 우린 차를 따르고 레몬즙과 시럽을 추가한다.
진저 레몬 그린티	녹차 2g, 생강 슬라이스 2조각, 레몬 슬라이스 1조각, 시럽 약간
	뜨거운 물에 생강 슬라이스와 녹차를 우린 후 잔에 따르고 레몬 슬라이스를 올린다. 시럽을 추가한다.
아보카도 말차	말차 2g, 아보카도 1개, 플레인 요거트 100㎖, 얼음 5~8개, 꿀 또는 시럽 20㎖, 소금 약간
	모든 재료를 블랜더에 넣고 갈아서 잔에 따른다.
카모마일 그린티 라떼	카모마일 1g, 녹차 2g, 우유 100㎖, 물 100㎖, 꿀 20㎖, 강황 1g, 계피가루 약간
	카모마일과 녹차를 5분 우려서 잔에 담은 후 꿀, 강황, 계피와 섞는다. 우유는 전자레인지에 30초 데운 후 거품을 내어 잔 위에 담아낸다.
말차 쥬스	탄산수 120ml, 말차 1g, 오이즙 1/2T, 레몬 한 조각, 얼음 약간, 시럽 약간
	탄산수 30㎖에 말차를 넣어 섞은 후 얼음을 넣은 잔에 탄산수 90㎖와 오이즙을 넣어 잔에 따르고 레몬을 띄운다.
말차 라테	말차 2g, 우유 또는 두유 120㎖, 다완 또는 찻잔
	데운 우유 또는 두유 30㎖에 말차를 풀어주고 나머지 우유를 넣어 차선으로 세게 저어 거품을 낸다. 차선이 없으면 거품기를 이용하면 된다.

허브와 홍차

세계인들이 가장 많이 즐기는 홍차는 향과 맛도 다양하여 그만큼 베리에이션 음료도 많다. 인도와 스리랑카의 홍차는 뒷맛이 깔끔하여 베이스

티로 사용한다. 이른 아침을 깨우는 얼그레이에 말린 생강을 넣으면 좋고, 나른한 오후에는 우바차에 레몬그라스, 페퍼민트, 라벤더 등 시원한 느낌이 드는 허브, 새콤한 히비스커스를 블렌딩 하면 좋다. 아쌈티 또는 스리랑카 저지대 홍차에 상쾌한 향미가 일품인 얼그레이를 8:2로 섞는데, 베르가모트 오일 1g과 베르가모트 껍질 4g을 넣거나 귤껍질을 넣어 얼그레이를 만들 수 있다. 또 수레국화 또는 카모마일을 10% 이하로 넣으면 깊고 복잡한 맛이 난다. 얼그레이는 커피전문점, 카페 등에서 빠지지 않는 인기 메뉴이다.

생강을 찌거나 말리게 되면 매운 맛이 약해지고 부드러운 단맛이 생긴다. 홍차에 말린 생강을 넣거나 CTC홍차로 홍차시럽을 만들어 생강과 우려도 좋다.

홍차는 2~3g에 200~300ml의 뜨거운 물로 3분 정도 우리고 티백을 사용할 경우 2분 이내로 우린다.

〈표 2-12〉 홍차 블렌딩 티 레시피

차 이름	재료와 간단 레시피
홍차 블렌딩	홍차 2g, 허브(카모마일, 장미, 레몬그라스, 페퍼민트, 라벤더) 각 0.1~0.2g, 뜨거운 물 240㎖
	뜨거운 물에 홍차와 허브를 우린다. 은은한 향을 즐기기 위해 기문, 정산소종 등 소엽종 홍차를 베이스 티로 한다.
오렌지 홍차 아이스티	인도 홍차 2g, 오렌지주스 15㎖, 물 100㎖, 레몬즙 30㎖, 레몬 슬라이스, 얼음, 시럽 약간
	홍차를 뜨거운 물로 3분 우린 후 식힌다. 얼음, 레몬즙, 오렌지주스를 넣은 잔에 따르고 레몬슬라이스로 장식한다.
자몽 홍차	실론티 2g, 물 200㎖, 자몽청 30㎖, 시럽 또는 꿀, 자몽 슬라이스
	실론티를 뜨겁게 우린 후 예열한 잔에 자몽청과 꿀을 넣고 자몽으로 장식한다.

차 이름	재료와 간단 레시피
딸기 밀크티	딸기 가향홍차 2g, 우유 120㎖, 물 80㎖, 딸기 2개, 시럽 20㎖
	가향홍차를 뜨겁게 우린 후 식힌다. 잔에 딸기와 시럽을 넣고 으깨어 얼음을 넣은 유리잔에 넣고 우유를 붓는다.
레몬 홍차 아이스티	실론티 2g, 탄산수 250㎖, 레몬청 30㎖, 레몬 슬라이스 1개
	실론티를 뜨거운 물 15㎖에 15초간 적신 후 탄산수 병에 넣어 뚜껑을 닫아 냉장고에서 8시간 우린다. 레몬청을 따른 잔에 탄산수에 우린 차를 넣고 레몬으로 장식한다.
얼그레이 레몬티	얼그레이 홍차 2g, 물 80㎖, 얼음, 시럽 30㎖, 레몬즙 30㎖, 레몬 슬라이스
	얼그레이를 3분 우린 후 식힌다. 얼음과 시럽, 레몬즙을 넣은 잔에 차를 넣고 레몬으로 장식한다.

참고문헌

[한국서적]

가토 후미코, 정세영 번역,『명상이 이렇게 쓸모 있을 줄이야』, 비즈니스북스, 2020.

김경우,『골동보이차의 이해』, 티웰, 2017.

고재윤,『호텔앤레스토랑』 2월호 '고객들이 원하는 좋은 물맛의 조건', 2019.

공승식,『워터소믈리에가 알려주는 61가지 물수첩』, 우듬지, 2014.

구영본,『한국의 전통문화와 예절』, 형설출판사, 2003.

_____,「韓國 茶生活 敎育場 硏究」, 성신여자대학교대학원 석사학위논문, 2001.

_____,「사회교육으로서의 차생활 교육장 연구」, 한국차학회, 2003.

_____,「조선왕조실록에 나타난 접빈례 연구」,『예학논총』, 중화서원, 2007.

_____,「한국 다의례에 대한 연구」, 성신여자대학교대학원 박사학위논문, 2007.

_____,「우리나라 寺院 茶儀禮에 대한 硏究」, 성신여자대학교 생활문화연구소, 2008.

구영본·신미경,『글로벌시대의 차문화와 에티켓』, 도서출판 형설, 2006.

김나영,「차명상이 중장년 직장인 남성의 스트레스 완화에 미치는 효과 연구」, 동국대학교 불교대학원 석사학위논문, 2013.

김찬호,『커피보다 보이차』, 메이드마인드, 2019.

김현원,『내 몸에 가장 좋은 물』, 서지원, 2002.

노시은,「언제라도 티타임」, 마카롱, 2014.

레카 사린·라잔 카푸르, 주한인도대사관 번역,『CHAI-인도차의 모든 것』, 한국티소믈리에연구원, 2016.

리사 리처드슨, 공민희옮김,『차 상식사전』, ㈜도서출판 길벗, 2018.

린다 게일러드, 최가영 옮김, 『THE TEA BOOK』, 시그마북스, 2016.

문기영, 『홍차수업』, 글항아리, 2014.

_____, 『철학이 있는 구매 가이드』, 글항아리, 2017.

_____, 『홍차수업2』, 글항아리, 2019.

마리아 유스펜스키, 강동혁옮김, 『암은 차를 싫어해』, 들녘, 2018.

Matthew, 김민지 · 박지현 · 윤지영, 『런던 커피하우스, 그 찬란한 세계』,

　　　　　경북대학교 출판부, 2016.

박남식, 『기뻐서 차를 노래하노라』, 도서출판문사철, 2018.

박홍관, 『중국에 차 마시러 가자』, j&jj, 2018.

브라이언 R 키딩 · 킴 롱, 신소희 옮김, 『완벽한 차 한잔』, 푸른숲, 2017.

(사) 한국커피협회, 『티마스터』, ㈜커피투데이, 2018.

　　　　　『워터소믈리에』, ㈜커피투데이, 2018.

서은미, 『녹차탐미』, 서해문집, 2017.

서지현, 『예쁘다 한 입 화과자』, 웰컴피엔티, 2018.

선해, 『차훈명상』, 하늘북, 정암, 2005.

송은숙, 『애프터눈 티』, 이른아침, 2019.

수잔 카이저 그린랜드, 이재석옮김, 『마음챙김놀이』, 불광출판사, 2018.

야나기 무네요시, 『다도와 일본의 美』, 도서출판 소화, 1998.

어희지, 『커피를 위한 물 이야기』, 서울꼬뮨, 2017.

에이미 셀츠만, 김철호 번역, 『마음챙김명상교육』, 어문학사, 2016.

왕젠룽, 김정경 · 안유리 옮김, 『중국차』, 한국티소믈리에연구원, 2018

오니시 스스무, 박문희 번역, 『ABOUT TEA』, 디자인 이픔, 2017.

오사다 사치코, 『사치코의 세계 차 여행』, 이른아침, 2010

이문천, 『고차수로 떠나는 보이차 여행』, 인문산책, 2011.

이상민, 『카페 Tea 메뉴 101』, 수작걸다, 2018.

이중해, 『차와 명상』, 도서출판 초의, 1993.

장원, 류건집·신미경 주해, 『茶錄 註解』, 이른아침, 2015.

정광주, 『내 안의 고요를 만나다』, 학지사, 2011.

정동주, 『다관에 담긴 한·중·일의 차문화사』, 한길사, 2008.

정소영, 『맛, 그 지적 유혹』, 니케북스, 2014.

정순일, 『茶와 선의 세계』, 골든북스, 2018.

정영호·이경남·김인숙, 『차문화치료』, 양서원, 2011.

지운·선엽, 『차명상학 입문서』, 연꽃호수, 2019.

차와 명상 오색차명상, 『차와 명상』, 연꽃호수, 2014.

Cha Tea Loucha Kyoushitsu, 한국 티소믈리에연구원 번역,

　　　『홍차속의 인문학』, 한국티소믈리에연구원, 2018.

천시아, 『싱잉볼 명상』, 젠북, 2018.

최유경, 『혼茶』, 마마퀸, 2018.

최진영·이주향·이연정, 『구구절절 차 이야기』, 이른아침, 2019.

최순자, 『아름다운 한국의 디저트 떡』, BnCworld, 2013.

추민아, 『한국의 티블랜딩』, 차와문화, 2018.

케빈 가스코인 외, 한국티소믈리에 번역,

　　　『티의 이해』, 한국티소믈리에연구원, 2019.

크리시 스미스, 한국소믈리에연구원 번역,

『티 아틀라스』 한국소믈리에연구원, 2018.

텃낫탄, 전수기 옮김,『How to Relax』, 한빛비즈, 2018.

하보숙·조미라,『홍차의 거의 모든 것』, 열린세상, 2014.

한동하,『웰빙의 역설』, 도서출판 따비, 2018.

화양연화,『귀족일다경』, 헤르메스정원, 2017.

[외국서적, 자료집 등]

陸羽,『茶經』, 당, 중국

李穆,『茶賦』, 조선시대, 한국

草衣,『東茶頌』, 조선시대 , 한국

張又新,『煎茶手記』, 당, 중국

熊蕃,『宣和北苑貢茶錄』, 북송, 중국

田藝衡,『煮泉小品』, 명, 중국

陳惠中,『飮茶保健500』, 북경인민군의출판사, 1999.

葉士敏,『茶道學·臺灣茶』知音出版社, 대만, 2016.

Anthony Burgess,『THE BOOK OF TEA』, Italy, 1996.

黃阡卉,『台茶百味』, 성방문화사업복분유한공사, 2019.

藍大誠,『識茶風味』, 幸福文化, 대만, 2018.

『2016 티쿱 보이차흑차특별전 자료집1』, teacoop, 2016.

All about TEA

나를 위한 차 한잔

초판 1쇄 발행 2020년 5월 28일
초판 2쇄 발행 2022년 3월 4일

지 은 이 ⓒ 구영본, 2020

펴 낸 이 김환기
펴 낸 곳 도서출판 이른아침
주   소 경기도 고양시 일산동구 정발산로 24 웨스턴타워 업무4동 718호
전   화 031-908-7995
팩   스 070-4758-0887
등   록 2003년 9월 30일 제 313-2003-00324호
이 메 일 booksorie@naver.com
ISBN 978-89-6745-100-4 (03810)